Gabriele Wohmann
Ausflug
mit der Mutter

Gabriele Wohmann
Ausflug
mit der Mutter
Roman

Luchterhand

3. Auflage, Dezember 1976
Lektorat: Thomas Scheuffelen
Umschlag von Kalle Giese
Ausstattung von Martin Faust
© 1976 by Hermann Luchterhand Verlag,
Darmstadt und Neuwied
Gesamtherstellung bei der
Druck- und Verlags-Gesellschaft mbH,
Darmstadt
ISBN 3-472-86425-7

Die Mutter winkt dem Auto nach bis zuletzt. Ein sehr bekanntes inneres Elend verteilt sich in der Tochter. Wäre es doch ausschließlich das Mitleid mit der Mutter, die von jetzt an wieder allein ist. Die Vernachlässigung der Mutter durch ihre erwachsenen Kinder ist natürlich und unauffällig. Sie geschieht auch zwangsläufig. Denn die Kinder, dem Alter nach in der sogenannten Lebensmitte, sind in ihren Berufen sehr beschäftigt. Ein Privatleben hätten sie auch gern noch. Zuallerletzt fiele es übrigens der Mutter selber ein, sich für vernachlässigt durch ihre Kinder zu halten. Im Gegenteil. Ein flüchtiger Gedanke an die Kinder, an jedes einzelne von ihnen und die dazugeheirateten Kinder mitgezählt, genügt ihr, um sich sofort gerührt und dankbar und zuversichtlich zu fühlen.

Beim Wunsch, endlich einmal in einer schönen, verdeutlichenden Ruhe an die Mutter zu denken, hat mich vor einigen Wochen eine unerwartete Möglichkeit überrascht. Warum bin ich nicht längst darauf gekommen, über die Mutter zu schreiben? Auf keine andere Weise kann ich mich gründlicher um sie kümmern. Sorgfältiger und mit mehr Konzentration, mehr Anstrengung, äußerster Betroffenheit kann ich sie überhaupt nicht ernst nehmen. Der Artikulationsversuch über die Mutter als Witwe ist meine extremste Zuwendung. Meine Absicht, mir möglichst täglich einige Notizen über die Mutter zu machen, hat in mir eine Trübe von Zerrissenheiten aufgehellt. Beim Aufschreiben einiger Sätze der Mutter kurz nach unserem letzten Telephonat bin ich froh gewesen. Es hat sich allerdings auch um fröhliche Sätze der Mutter gehandelt. Ich habe dann die Probe auf mein Glücksgefühl gemacht und mir aus meinem Gedächtnis eine Niedergeschlagenheit der Mutter vorgenommen. Meinst du denn, daß ich jemals noch ein bißchen selbständiger werden kann? Unser zu flüchtiger, betrübter Wortwechsel.

Ich habe nichts dagegen, daß sich der Vorgang des Erzählens verselbständigt zum Text über die Mutter, mit der tiefen Spur vom Tod des Vaters in ihrer Biographie der ersten Witwenzeit. Keine Mitteilung über sie kann gut genug sein.

Die Mutter ist keine spektakuläre Witwe, keine durch einen herausragenden Schicksalsschlag Gezeichnete. Die Fakten und Daten im Zusammenhang mit dem Tod ihres Mannes ergeben einen Normalfall. Dem Tod des Vaters ist kein gräßliches Siechtum vorausgegangen. Er war zwar in den letzten zwei Jahren gar nicht gesund und hat innerhalb immer einschränkenderer Maßnahmen leben müssen, doch ist seine Krankheit nicht aushöhlend, schrecklich verändernd, zum Verrücktwerden gewesen. Schwere Schmerzen haben sein Leben nicht deformiert. Er hat nicht den Verstand verlieren müssen. Mit seinem Herzversagen ist gerechnet worden, von der Mutter aber nicht. Die Tochter muß sie beschwichtigen:

Glaub mir, es war ein erlösender Tod. Aber wovon denn hat der Tod ihn erlöst? Die Mutter erinnert sich an liebenswerte, stille Tage. Noch mehr Reduktionen hätten nicht zu ihm gepaßt, sagt ihr die Tochter. Du hast ja recht, bis zu seinem Tod war alles noch zu ertragen. Aber auf die Dauer hätte der Vater doch wieder aus dem Haus gehen wollen, wie sehr war er doch sein Leben lang geradezu drauf angewiesen, sich zu bewegen, richtig zu atmen, sorglos, er hat doch schon immer selbst unwichtige Kränklichkeiten bei sich als peinlich und anstößig empfunden, er war durch sie unfrei, das alles lag ihm nicht. Länger und dann auch mehr auf Hilfe angewiesen zu sein und meistens liegen zu müssen, wäre ihm qualvoll geworden. Sag was, Mutter, gib mir recht, Mutter, hofft die Tochter, der die Mutter halbherzig recht gibt, mit einem bloß eingeschüchterten und nicht ganz überzeugten höflichen JA, sie ist jetzt nur eine folgsame Privatschülerin der Tochter, mit großen Lernschwierigkeiten, Auffassungswiderständen. Er hat aber immer noch vieles sehr genossen, sagt die Mutter, und wie gut hat es ihm gerade noch am letzten Tag beim Tee geschmeckt. Er war ausgesprochen lustig.
Der fröhliche letzte Tag fällt der Mutter oft ein. Ist es gut, wenn die letzte Erinnerung eine fröhliche Erinnerung ist? Ist es besser, wenn der Tod die furchtbaren vorletzten Seufzer erledigt, wenn die letzte Erinnerung der Wechsel von einem Schrecken in eine Gnade ist? Einen trotz allem

doch noch einmal lustigen Vater sterben zu lassen, ist ja nicht gnädig gewesen. Doch, widerspricht die Tochter.

Als unerträglich zensierend empfindet sie sich. Sie findet sich ganz furchtbar. Bei ihren Anstrengungen zu helfen und zu trösten kommt sie sich rechthaberisch, neunmalklug, besserwisserisch, gefühllos belehrend vor. Warum sage ich nicht ab sofort kein Wort mehr. Wie kann ich mich denn unterstehen, sogar nun hierüber zu reden. Mit ihrer allereinfachsten Reaktion, der allergrößten und nicht weiter gerechten Traurigkeit hat doch die Mutter am allermeisten recht. Die nicht spektakuläre Witwe ist überwältigend spektakulär. Sie ist nicht schlechter dran als andere, ja, besser als manche. Sie ist am schlechtesten dran, für sich allein genommen, warum denn immer abwägend rundherum blicken. Dazu rafft sie sich gelegentlich auf, die Tochter ermahnt sie, vergleich doch deine Lage beispielsweise mal mit derjenigen dieser sehr viel jüngeren Frau, deren Mann von Tumoren zerfressen und schließlich nach ganz verheerenden Jahren gestorben ist, dann mußt du doch feststellen, daß deine Lage – daß sie genau so schlimm, überhaupt nicht weniger traurig ist, und daß diese elendigliche Vergleicherei ein Unsinn und unbrauchbar, hundsgemein wertlos ist. Das Schwerste für die Mutter ist geschehen. Ihr ist die radikalste Betrübnis zugestoßen, die in den Rändern ihres persönlichen Lebens vorgesehen war. Ihr privater Fall ist ihr Weltgeschehen.

Die Mutter wohnt so, daß lang nachgewinkt werden kann. Nein nein, sie macht aus dem Winken keine Staatsaffäre. Es sieht aber doch sehr nach völligem Alleinsein aus, wie sie da am Gartentor steht, kleinerwerdend, und weil sie ohne eine Jacke überzuziehen aus dem warmen Haus getreten ist, friert sie auch etwas. Das Bild wirkt wie gestellt. Als habe ein nicht weiter phantasievoller Regisseur in dieser Einstellung das ALLEINSEIN abbilden wollen.

Schauen wir uns dieses Bild doch ohne ein wieder nur verallgemeinerndes Geblinzel an. Lassen wir uns doch gründlich auf den ganzen Inhalt dieser Augenblicke nach unserem Abschied ein. Reden wir uns doch nicht raus mit anderen, möglichst schwerwiegenderen Einsamkeiten. Diese hier zuerst geht dich an. Sie zuerst und allein ist deine schwerwiegendste. Anschließend kannst du andere Tränen weinen, danach erst können dir die sekundären Tränen kommen.

Wir machen uns alles nur immer zurecht. Unsere Bewegung WINKEN ist fast theaterhaft künstlich. Das Kunstgefühl können wir einander zeigen. Die Tochter umarmt die Mutter übertrieben. Sie küßt die Mutter ab wie für immer. Sie demonstriert ihre Herzlichkeit in einer Verzerrung. Ein Gefühl muß erst künstlich und kann erst dann ein Ausdruck werden.

Neulich bei einem Ausflug in die Ausläufer des schweizerischen Zentralmassivs ist mir plötzlich aufgefallen, daß ich die Gegend nicht als ursprünglich und nicht wie aus eigenem Antrieb sah und daß jeder Anblick mir schon verwendet vorkam. Die ganze Natur war schon in eine Kunstform gebracht. Weil wir am Abend vorher Dias betrachtet hatten, war mir die Gegend wie in lauter Dias aufgeviertelt und eingerahmt erschienen. Ich habe in allem die Auswahl eines Liebhabers der Alpen gesehen, lauter Andenken, nicht von mir. Überall bin ich zum ersten Mal gewesen an diesem Ausflugstag mit meiner Schwester, meinem Schwager am Steuer des Peugeot 204 und mit meinem Mann, der aus Furcht vor einem Höhenkater schon in den Niederungen einen vorwegnehmenden Höhenkater gehabt hat, überall da war ich noch nie und bin wie auf einem von der Erfahrung seit langem benutzten Gelände gewesen. Die Prahlerei dieser ganzen Feiertagsalpen war bei mir umsonst. Mir kam keine erste Idee zu ihnen.

Aber mehrere Wochen später, in einem Abteil der Österreichischen Bundesbahn, sah ich irgendwo auf der Strecke hinaus in die verschneite Gebirgslandschaft, aufgetaucht aus ganz anderen Illustrationen zu den inwendigen Anschauungen und zunächst ohne jeden Zusammenhang mit den Abbildungen draußen. Ich hatte mich seit Bregenz nicht um die Gegend gekümmert. Bevor ich mich vergewisserte und an Benennungen orientierte, empfand ich nichts weiter für die nur namenlose Monumentalgruppierung der Gipfel. Unbenannte Schneeberge kommen einem doch gleich nicht so bedeutend vor, dachte ich. Finnische Wälder habe ich etwas langweilig gefunden. Gut, daß der Mond MOND heißt und angesungen, angeseufzt ist, von Versen, Bildern, Melodien denaturiert, von den richtigen Gefühlen falsch verstanden. Irgend so ein kosmisches Gestein ohne Namen, so eine Beute der wissenschaftlichen Ermittlungen, könnte gar nicht angeredet werden, gar nicht für Trost, für Schmerz und Glück in Betracht kommen. Der Mond ist brauchbar wie ein Einrichtungsgegenstand. Die Schneeberge sind vor der Benutzung einer Landkarte keine Erinnerung an sie und ich werde mich nicht an sie erinnern. Die finnischen Wälder sind so unhistorisch. In der ganzen unbestiegenen, unbezifferten, verschonten Natur sehe ich nur einen vergeblichen Aufwand, bloße Behauptung und Dekoration, diese langatmige Schönheit müßte von der Berührung mit etwas Veränderndem unterbrochen werden, um mir als kostbar und in Gefahr richtig aufzufallen. Und wären das da drüben JUNGFRAU/EIGER/JOCH, falls die es sind, die als alpine Berühmtheiten zusammengehören, oder ZUGSPITZE/MONT BLANC, habe ich in meinem Abteil in der ÖBB gedacht, dann brächte ich die wahren, die gemischten, die zwiespältigen Gefühle für sie auf, ohne die ich in keine Anteilnahme gerate, und nicht nur eine ermüdete, sorglose Bewunderung für die imponierende Naturgebärde entlang der beliebigen Strecke.

Nach jedem unserer langen ruhigen Besuchstage ist meine Schwester immer noch mit hinausgegangen in die kalte nasse Nacht, sie hat auf dem gegenüberliegenden Trottoir unsere Abfahrt im Auto zum Hotel winkend verfolgt, ja: und das ist dann jeweils nur eine gespielte Wehmut gewesen, das ist lustig gewesen, eine neue Erfahrung über das Nachwinken. Die kommende Wehmut unseres bald fälligen Abschieds für länger war schon auch in der Lustigkeit enthalten, durchaus, aber in unserem Spiel genießbar.

Auch das Nachwinken der Mutter ist eine Spielfigur – und doch nicht zum Lachen. Liegt das am Altersunterschied?

Beim Nachwinken hat nun mal die Tochter ein schlechtes Gewissen, und das ist nun mal eine ihrer stärksten Begabungen, sehen wir es doch so. Als mein Vater noch lebte, war oft das Nachwinken fast kläglich. Verdammt, ich bin halt zu schmerzempfindlich und ich liebe ihn einfach zu schrecklich, habe ich gedacht und wie idiotisch beispielsweise nachgewinkt: Da, schau her, Vater, sieh dir das an, Mutter, ich hänge meinen Oberkörper weit aus dem Autofenster, ich liege schräg verquer im offenen Fenster, meine Haare zerfetzen im Fahrtwind, kriegt ihr denn meine verrückte Liebe zu euch heut mal mit, ich fleh euch an, kapiert das doch endlich, jetzt bei der Abfahrt, nach wieder viel zu knauserigen Innigkeiten von mir für euch, ich beschwöre euch, da demonstriere ich ihn doch in aller selbstvergessenen Abscheulichkeit, meinen schönen Ruin, diese Liebe, diesen hormonellen Ausschüttungswahnsinn, diese vernünftigste Unvernunft. Fürchte dich nicht, hat keiner gesagt. Denn ich habe dich erlöst, hat später in der Anzeige gestanden. Ich habe es einem andern überlassen, dich bei deinem Namen zu rufen. Du bist mein, habe ich ihm nicht souffliert und du bist auf deine eigene Gehörschwäche angewiesen geblieben.

Aber wie kann man denn nur aus dem Nachwinken so einen Gefühlsterror, so eine Denkzirkusnummer machen. Diese zärtlichen Kleinigkeiten, diese zierlich kleinen Lächerlichkeiten, diese spielerische Traurigkeit – man muß behutsam dosieren.

Meine Mutter bleibt winkend am Gartentor stehen, bis das Auto endgültig für sie weg ist. Für die Insassen des Autos ist die Mutter winzig geworden. Dann verschwindet ihr äußeres Bild ganz. Das bedeutet für die Tochter, daß das innere Bild der Mutter riesengroß wird.

* * *

Weil das ein guter Nachmittag war so wie immer, hat die Mutter eifrig und fröhlich das Winken übertrieben, sie hat ihre Kinder bis zum Schluß mitbekommen lassen wollen, wie schön es für sie war vom Anfang an: von der Erwartung des Autos am Ostfenster, von der mit dem gebräuchlichen Unsinn durchsetzten Begrüßung, beim Kaffeetrinken, Kuchenessen und Berichtaustausch, und wie nützlich war es ihr, dem Schwiegersohn wieder ein oder zwei bis drei für sie allein überlebensgroße Probleme vorzutragen, wie erleichtert ist sie jetzt, alle Antworten haben alle Fragen vereinfacht, nirgendwo steckt ein

Hinterhalt, es ist noch nichts irreparabel, der Weg, den die Lohnsteuerkarte nehmen muß, ist überschaubar, die Krankenkasse ist nicht gespenstisch, der Notar kann wie ein ganz normaler Mensch angerufen werden, das Amtsgericht ist kein Herzjagen wert, die Ruhestandskasse hat es nicht auf sie abgesehen, für die Behörden ist sie nicht der einzige und leicht anrüchige Fall, die Grundstücksübertragungsurkunde geht die zukünftigen bauwilligen Nachbarn überhaupt nichts an. Das vor dem Besprechen Verwirrende hat seinen Schrecken verloren.

Schön war es auch, gemeinsam wieder ein Stück weiterzukommen mit dem Ordnen alter Zeitschriftenjahrgänge, mit dem Sortieren von Büchern, und wir haben sogar ein paar Annäherungen, sogar Berührungen riskiert, für die es immer zu früh und nie zu spät ist und mit denen wir dem Vater am allerwenigsten das Unrecht tun, ihn aus Angst vor seiner Todesferne nur noch wie einen schönen feierlichen feiertäglichen Gedanken zu behandeln. Zum Beispiel so waren wir freundlich zu ihm: Diese Schuhe könnten dir eigentlich passen? Bei extremer Freundlichkeit: Er hat ja seine Sachen nie sehr gepflegt. Interessierst du dich für die zwei Pelzmützen, die eine hat er beinah nie gebraucht, sie sah ihm einfach zu neu aus, ja, so war er, schon ganz schön eigenartig. Am besten, man lacht – wie komisch du mit der Mütze aussiehst, sein Kopf war also etwas kleiner – am besten, man lacht, am besten für den Vater. Möchtet ihr mal seine Aktenmappen und Koffer begutachten, vielleicht ist doch was dabei für euch. Noch mehr Mut fassen, den Vater noch ernster nehmen: Wirklich, er hat sich von allem zu viel zugelegt, das Sammeln war schon ein Tick von ihm, er hat ja auch Sachen gesammelt, die es wirklich nicht wert waren. Nein, wir lassen nichts auf ihn kommen, wir kritisieren ein bißchen an ihm herum, er ist nicht schwarzumrandet annoncengerecht VON UNS GEGANGEN, er ist UNTER UNS, manchmal doch. Sollte ich nicht seinen Wäscheschrank abschlagen lassen, er nimmt nur Platz weg im Schlafzimmer. Wie wohltuend, die Mutter begreift den Tod, sie stümpert nicht an der Ewigkeit herum, und jetzt kann man ihr gut mal mit einem Schub Pietät dazwischenfahren. Rühr bloß den Schrank nicht an, was sagst du denn da. Es erfrischt die Mutter sehr, wenn sie die Tochter bei einer Überspanntheit ertappt, die ihre eigene sein könnte: somit völlig vergessen, wie aufgehoben.

Kehrtmachen wird die Mutter nun am Gartentor. Daß ihr Haar so weiß ist, fällt der erwachsenen Tochter immer in den Entfernungen auf. Ihr Lebensalter wird unwirklich, wenn sie zusammen sind. Es wird der Mutter wahrscheinlich nie ganz bewußt, daß ihre Kinder nicht mehr so jung sind. Auch deshalb, weil sie nur einen Enkel hat. Dieser Enkel ist selbst schon Mitte 20 und bereitet sich auf eine Promotion vor. Fremde Welt! Die Mutter strengt sich da nicht weiter an und macht sie einfach ungenau heimisch, indem ihr der Enkel wie als Kind ein kleines altkluges beeindruckendes Ungeheuer ist mit dem Spitznamen WISSENSCHAFTLER. Sie kann sich diese ganzen Nachkommen nicht in deren schwierigen, realen, erwachsenen Lebenszusammenhängen vorstellen.

Der Schwiegersohn sitzt am Steuer und darf nicht zur Mutter zurückschauen, aber er hält einen wedelnden Arm aus dem Seitenfenster. Es tut der Mutter einfach gut, wenn der Schwiegersohn bei ihr ist. Seit sie eine Witwe wurde und ein Mann fehlt, fehlt es überall an Männern, findet sie. Es wundert sie und stört sie etwas, daß sie überwiegend von Frauen umgeben ist. Sie hat gern einen Mann in der Nähe, zum einen also schon deshalb tut der Schwiegersohn ihr gut. Bei diesem Schwiegersohn kommt jedoch hinzu, daß der Umgangston für die Mutter aufheiternd unernst ist, und doch wird über Ernstes, Sachliches, Wichtiges geredet. In der Beziehung dieser beiden belastet einfach gar nichts. Da wird kein Überschwang unterdrückt. Keine Angst verfälscht die Gebärden und die Wörter. Sie reden einfach so, wie es ihnen in den Sinn kommt. Ihre Spontaneitäten sind nicht nachgemacht, nicht kontrolliert und beaufsichtigt. Sie haben ihre kleinen wichtigen Rituale in der Spaßmacherei miteinander. Da wiederholen sie ihre Wiederholungen, aber unverkrampft, nicht steckengeblieben in der Imitation ihrer selbst. Sie sind beide sehr andauernd und sehr selbstverständlich sie selber.

Es ist ein Glück und ein Segen für die Mutter, so beurteilen ihre vier erwachsenen Kinder und die dazugeheirateten Kinder die Lage der Mutter, daß sie erstens ihre beiden unverheirateten Schwestern hat, daß diese zweitens so nah wohnen, und vor allem, drittens, daß sie alle einander so gut verstehen, daß sie sich so gern haben, daß sie so gut miteinander auskommen, was folgende Gewohnheit herausgebildet hat: die Mutter verläßt freitags nachmittags ihr Haus, sie geht zu Fuß eine halbe Stunde lang durch eine noch fast bäuerliche Gegend bis zur Bushaltestelle, sie fährt im Bus eine weitere halbe Stunde und ist dann in der Kreisstadt B., dem Wohnort der Schwestern. Bis zum Montag morgen verbringt die Mutter das Wochenende bei den Schwestern. Dort in Haus und Garten fuhlt man sich wie in einem englischen Roman um die Jahrhundertwende. Mittlerweile ist sie in den Wochenendalltag, in den Haushalt, in alle Abläufe integriert. Was für ein Glück, ihr Wochenendleben dort, was für ein günstiges Geschick, ein Segen. Wie es in der Zukunft, so bald man über die wird reden können ohne ein Tabu zu verletzen, mit der Mutter dann mal weitergehen soll, liegt auch im Umkreis der Schwestern, des ererbten Hauses in B. Es läßt sich schon viel Sinn darin erblicken, wenn die Mutter nicht nur für die Wochenenden, sondern ganz zu den Schwestern umzöge. Ach, darüber wird man eines Tages reden. Der Tag rückt auch näher. Ja wirklich. So wie es jetzt ist, ist es nur als Schonung der Gefühle von der Mutter sinnvoll. Nur der Respekt vor der Anhänglichkeit an den Vater behindert uns noch so schrecklich beim Reden über diese doch ziemlich einfache und auch nicht schlechte Lösung des Zukunftsproblems. Die Mutter wird ihr Haus verkaufen müssen. Was soll werden aus den vielen Möbeln, den Bildern, der Bibliothek? Es ist einschüchternd, an Verteilungen, Verkäufe, Umzüge, überhaupt: Entscheidungen zu denken.

Die Mutter geht vom Gartentor weg über die paar Steinfliesen zwischen Vorgartenanlagen auf die zwei Treppenstufen vor dem Haus und auf die offene Haustür zu. Der Nachmittag war so schön. Eigentlich war der ganze Tag schön, denn die Mutter hat sich bereits beim Aufwachen gefreut: ach, heut kommen ja die Kinder. Sie ist nicht ganz unfähig, allein zu sein, sie ist sogar ganz gern allein, aber wenn dem Alleinsein jeder freiwillige Entschluß fehlt, macht es gelegentlich beklommen. Am Wochenende dann ist die Mutter zum Alleinsein beinah auch nicht fähig, und deshalb tritt sie freitags die Flucht an. Wir haben das immer so miteinander genossen, der Vater und ich, erklärt sie der Tochter, schon am Freitag den Gedanken, daß es Samstag wird, und die Sonntage erst! Ja, obwohl er doch längst im Ruhestand war, aber das Gefühl für die besondere und andere Ruhe des Wochenendes, das haben wir beibehalten.

Die Mutter lebt sehr nach Daten. Sie hat ja das geordnete Gerüst ihres Alltags auch nicht aufgegeben. Deshalb weiß sie immer ganz genau, ob es nun ein Dienstag ist oder ein Samstag. Sie vermag nicht, sich sonntags ein Werktagsgefühl vor-

zuschwindeln. Sie würde dann nicht bügeln, beispielsweise, selbst wenn keiner mehr da ist, ihr zu
sagen: hast du vergessen, es ist Sonntag und jetzt
die Zeit für den Tee. Ja, es bleibt der Mutter
wirklich nichts anderes übrig, als einfach auszu-
rücken, wenn am Freitag die lieben Erinnerungen mit den Wochenendgewohnheiten ihren see-
lischen Überfall einleiten. Die Rolläden runter,
die Türen verschließen, zügig weg und in eine
Sicherheit vor dir, du gutes Haus, vor deinem
Gefühlsmassiv, du Wochenende hier, von wo der
Vater nicht zu vertreiben ist. So soll es ja auch
sein mit ihm. Das ist schwer.
Und von den vielen Heiterkeiten und von den
nützlichen Beratungen mit dem Schwiegersohn
ist die Mutter richtig belebt. Sie hat ihm gesagt,
wie gut es ihr gefällt, daß er so gepflegt aussieht.
Wie machst du das nur? An dir sieht alles immer
so frisch und unbenutzt aus. Ist der Anzug neu?
Aber hör mal, der ist doch schon fast vier Jahre
alt. Das haben die beiden gern, diese Neckerei.
Die Mutter ist nicht im geringsten beleidigt,
wenn nun der Schwiegersohn ihr einen Fleck auf
ihrem Kleid zeigt. Der Gegensatz, ihr Lob seines
Gepflegtseins, sein Hinweis auf ihren Fleck,
stimmt für sie, er macht die Welt ehrlich und
übersichtlich. Wenn die Tochter der Mutter DU
HAST EINEN KRÜMEL AM MUND sagt, fühlt die Tochter sich gemein, als füge sie der Mutter schwere
Beschämung zu, und keinem im Zimmer ist auch
wirklich wohl in solchen Momenten. Die Tochter
hat die Banalität mit dem Krümel in einer über-

triebenen Angst hervorgebracht. Vor Rücksicht-
nahme fast grob. Wie kindisch und erniedrigend
kommt ihr der Krümel vor, wie eine fratzenhafte
Entstellung. Ein belangloser Fettfleck wird ihr
zum Schandfleck. Was für ein Wahnsinn. Der
Schwiegersohn gerät nie in diese Abarten von
Gefahr.

Vor drei Wochen hat die Mutter zum ersten Mal
nach dem Tod des Vaters allein und das heißt:
ohne den Vater, aber mit ihren Schwestern eine
kleine Reise gemacht. Sie hat die kurze Zeit mit
ihrer ganzen Fähigkeit zur Freude sehr genossen,
nach anfänglicher Furchtsamkeit und Unlust.
Also, wunderbar wars. Ganz herrlich. Davon
wird sie noch viel erzählen müssen. Aber weißt
du, was ich vermißt habe? Wir waren ja immer
nur Frauen, drei etwas zu alte Frauen. Es hat mir
dauernd an Männlichkeit gefehlt. Frauen allein
können es sich doch nicht so ganz richtig schön
machen. Mit euch beiden möchte ich mal so ins
Hotel. Die Mutter findet es zum Beispiel auch in
einem Café und in einem Restaurant angenehm,
oder mehr: richtig, vertraut und passend, wenn
es ein Mann ist, der die Rechnung bezahlt. Bei
Frauen wie ihr selber oder ihren Schwestern
wirkt ihr alles Geschäftsmäßige ungeschickt,
unbeholfen und etwas knauserig dazu, selbst
wenn das Trinkgeld hoch ist, aber dann scheint
es ihr gleich aus Verlegenheit zu hoch. Bei einem
anderen Frauentyp, dem der selbstbewußten und
selbständig lebenstüchtigen, den sie ab und zu
mit einer Spur Neid und doch leicht ablehnender

Bewunderung beobachtet, fühlt sie sich erst recht nicht gut aufgehoben. Sie fühlt sich in gewissen Bereichen des Alltags nur unter einer männlichen Regie sicher.

Ja, nun ist es unter diesem schwierigen, befürchteten Datum für die Mutter doch ein rundum befriedigender Tag geworden. Die erwachsenen Kinder hat sie mit Kuchenresten versorgt, ganz im Stil früherer Zeiten, als den Kindern noch mit allem, was man ihnen mitgab und womit man sie zusätzlich versorgen konnte, praktisch und zwingend geholfen werden konnte. Mitgegebene Kuchenreste oder der zur Tradition gewordene Blutwurstkringel von der dörflichen Metzgerei, bei der die Mutter seit dem Tod des Vaters eine nicht mehr so verkaufsfördernde Kundin ist, sie, mit ihren bescheidenen Ansprüchen, andere Haushaltsdinge, irgendwas, von dem die Mutter vielleicht zu viel für den Eigenverbrauch gekauft hat oder was sie den Kindern zum Probieren schenken will, alles das ist jetzt Verwöhnung und zweckfrei. Die Mutter findet in der Küche beim Kaffeegeschirr, das die Tochter heimlich gespült und abgetrocknet hat, während die Mutter vom Schwiegersohn einen Briefentwurf an den Steuerberater diktiert bekam, dort bei diesem stillen Liebesbeweis der Tochter findet die Mutter den ersten kleinen Zettel der Tochter. Es wird keine besondere Botschaft draufstehen, und doch: ist nicht der unbedeutende winzige Gruß eine besondere Botschaft? Die Mutter ist auf eine vernünftige Art darüber gerührt. Manchmal sorgt

sie sich ein wenig um die Tochter. Die Tochter, gerade diese und nicht die ruhiger, vernünftiger, ja eigentlich angenehmer zärtliche ältere Tochter, sie beängstigt die Mutter immer mal wieder gerade mit ihrer Anstrengung, sie zu ermutigen. Die Tochter überanstrengt sich und damit die anderen. Die Mutter räumt das für diesen Nachmittag speziell ausgesuchte Kaffeegeschirr in den schwarzen Schrank. Sie denkt sich währenddessen schon aus, mit welchen Überraschungen sie den nächsten, noch nicht terminierten Besuch der Kinder durchsetzen kann. Es wird allmählich dämmrig. Was für ein schöner Septembertag schon wieder. Wie gut, denkt die Mutter, daß sie ihre Tochter beim Schwiegersohn in so guten Händen weiß. Auch der älteste Sohn und die ältere Tochter sind gut und liebevoll verheiratet.
Die Mutter will sich vorläufig nicht zu weit vom Telephon entfernen, denn die Kinder werden bald anrufen. Nicht mehr lang und dann sind sie bei sich zu Haus angekommen. Wenn die Tochter aus Versehen ZU HAUS sagt und den Platz meint, an dem sie – und auch noch wirklich gern – mit ihrem Mann lebt, erschrickt sie wie vor einem Verrat. Darf denn ZU HAUS etwas anderes sein als der Kindheitsplatz, das wahre Zuhaus, das die Eltern verschafft haben?
Die Mutter denkt, daß die Tochter ein bißchen unnatürlich gefühlsmäßig übertreibt. Sie findet einen weiteren Zettel der Tochter. Die Tochter schrieb diesen Zettel im Bewußtsein ihrer Schuld. Warum lasse ich nicht diese ganze Kritzelei auf

Zetteln sein und bleibe einfach ungeplant weitere Stunden hier bei der Mutter? Warum aber schaue ich auf die Uhr, es ist halb fünf, und sehe mich im Voraus beim Verabschieden?

Die Mutter leert den Zinnaschenbecher aus und ist froh, weil sie sich wie oft leichthin irrt: die Tochter raucht entschieden mäßiger, denkt sie, unbegabt für den Argwohn.

Auf der Straße vor dem Küchenfenster liegen die üblichen Spielzeuge herum, von den Kindern der Straße zugunsten irgendeines andern Spieleinfalls aufgegeben. Die Mutter öffnet ein Fenster. Eine weiche Luft noch immer. Von den Hügeln im Osten sieht man schon nicht mehr die Kuppen. Das sind merkwürdig zarte, kleine, liebe Tage, in nebligen Dunst gefaßte Tage, in diesem ersten September nach dem September mit dem Sterben des Vaters. Mattes mildes gealtertes Gold einiger Stunden in dem Rahmen von immer mehr Abend, dann Nacht. Ja, was jetzt noch für uns alle kommt, ist der Abend.

* * *

Immer wieder bin ich unschlüssig: kann ich denn UNS sagen, ICH sagen? Zuerst überraschte mich der Beschluß wie ein Glück. Ja, wie ganz genau richtig wird das sein, ich werde endlich ein ganz sanftes, deutliches, gütiges Portrait der Mutter schreiben. Unser Ausflug zur Kranichburg wird vorkommen, also ihre Freude. Der Nachmittag bei ihr zu Haus: also ihre Ruhe. Der Nachmittag, den sie bei uns verbracht hat: ihre vielen lebhaften Überraschtheiten. Ihr Mittagsschlaf auf meinem Bett: ihre Kindlichkeit beim Schlafen, und mein geradezu feierliches Gefühl. Ihre arglose und ursprüngliche Fröhlichkeit, die beinah ohne Übergang aus einer trüben und kritischen Stimmung hervorgehen kann. Und wie viel sie wieder zu erzählen hat! Den ganzen Inhalt einer vielbändigen kanadischen Familienchronik, die sie zur Zeit bei ihren Schwestern am Wochenende wiederliest, will sie uns nacherzählen. Was für eine spannende Einschlaflektüre. Schade, daß ihr so was nicht auch mal lesen wollt. Sie gibt trotz einiger Wortfindungsschwierigkeiten nicht auf und erzählt.

Das alles will ich beschreiben. Ich werde kaum nachkommen.

Die Mutter hebt immer ihre Post auf für den nächsten Besuch der Kinder. Sie ist stolz drauf, wenn es viel Post ist. Diese Leute von früher, die der Mutter schreiben, kennt die Tochter gar nicht persönlich. Sie liest aber alles. In den Briefen zur jetzigen Lage der Mutter kommt immer die tröstliche Rolle vor, die seit dem Tod des Vaters die Schwestern für die Mutter übernommen haben. Warum hämmern die guten Freunde denn dieser Witwe, die selber weiß woran sie ist, unweigerlich SCHWEREN VERLUST, EINSAMKEIT, HARTE PRÜFUNG ein, warum verdonnern sie die Mutter zu einem trüben phantasielosen Durchhalten, als wären die Überlebenstage der Mutter so erbärmlich ausgetrocknet, in den Begriff WITWE gesperrt, eine lustlose Pflichterfüllung —

die Mutter empfindet abwechslungsreicher, im Verlust besitzt sie, sie besitzt den Verlust, alles ist weißgott schlimm genug, aber wem sagt man das. Wir Kinder kommen in den Briefen nie vor.

Bei aller Wut auf die Briefschreiber: wir müssen die Mutter häufiger mit gemeinsamen Erlebnissen versorgen. Sie will so schrecklich gern einer netten Person, die sie zu irgendwas einlädt, antworten können: Das ist furchtbar lieb, aber stellen Sie sich vor, meine Kinder wollen mich unbedingt mitnehmen in den Zoo.

Beim Vorhaben, die Mutter mitzunehmen beispielsweise in den Zoo, weil nämlich ich ihre Freuden, ihre ganzen Verdutztheiten beobachten will, habe ich nicht einmal ein schlechtes Gewissen. Obwohl ich doch meinen Gewinn einstreiche, von dem sie nichts weiß, ja, den sie für ihren Gewinn hält, dankbar gerührt glaubt sie, daß der Gefallen, den ich mir tue, ihr getan wird. Ein Eigennutz verbessert meine Zuwendungen. Qualitätssteigerungen für andere, wenn ich selber in meinen Gefälligkeiten vorkomme!

Neulich in Karlsruhe ist es mir schlecht gegangen, denn ich war wie ohne jede Auffassung von euch. Ihr seid bloße Begriffe von euch gewesen. Ich habe auf meine Stimmung aufgepaßt. Ich bin das unbegonnene Gefühl nicht losgeworden. Ich kam mir trotz meiner drei Ansichtskarten an dich weiterhin ungewaschen vor. Meine Hände sind immer sofort wieder heiß und schmutzig gewesen. Ich habe das Hotelzimmer umgeräumt. Dann bin ich mit keinem Anfang von etwas weitergekommen. In meinem Kopf habe ich immer wieder die paar sonst ziemlich zuverlässigen Nummern aus meinem Musikprogramm gegen diese stille Panik abgespielt. Mir ist eingefallen, daß wir dir nicht die Lipatti-Platte besorgen konnten, die du dir so gewünscht hast. Mir ist alles als schäbig aufgefallen. Mich haben die Zumutungen des vor mir liegenden Tags überfallen. Wir haben dir doch statt der Lipatti-Platte eine andere sehr schöne Schallplatte geschenkt, und du hast dich sehr schön bedankt und du wirst dich sehr zu freuen lernen.

Bei der Erfindung von Anhaltspunkten und Verankerungen kam ich auf nichts Glaubwürdiges. Ich habe beschlossen, es interessant zu finden, die Stadt zu betrachten. Ich habe mir eingeprägt, auf einen Espresso Lust zu haben. Meine Grundbedürfnisse sind aber bloß vorsätzlich und zurechtgemacht gewesen. Ich war schon hungrig im QUO VADIS, oh doch, aber dann habe ich dem Kellner keine Bestellung sagen können. Ich bin wieder in den Straßen herumgelaufen und mir vor roten Ampeln wie reingelegt vorgekommen. Jedes Signal richtet sich gegen dich! Ein System von Tricks und Täuschungen hat mich angefeindet. Daß ich meine Mutter noch nie JETZT SAG MIR DOCH EINFACH MAL WIE SEHR DIR DER VATER FEHLT gefragt habe, oder etwas in der Art und ohne Rücksicht auf mich, muß ja wohl ein Hinweis auf meine allgemeine Menschenverachtung sein, habe ich gedacht, es offenbart ja wohl meine seelische Schwäche. Die Kulissenhaftigkeit und der

Theaterdonner dieses Karlsruher Vormittags haben mir einen Ekel gemacht. Das effektvolle Bühnengerenne der Vormittagsleute, dieser hochdramatische Baulärm! Eine Stadt der Versicherungsgebäude und der Sparkassenhochhäuser hat sich mir entgegengestellt. Posenhafte Gebärden, zwischen denen sich meine Empfindlichkeiten nur noch mehr aufspielen mußten. Die Leute sehen dich komisch an! Sie sehen dich mißtrauisch an. Kein Wunder: dich selber erschreckt dieses verschwollene Gesicht dort im Spiegel der Boutique, deren Verkäuferinnen dich mit gutem Grund hassen, denn du hast mit deinen Händen die Pullover in dem Wühlkorb widerlich beschmutzt. Überall hinterläßt du einen Makel. Du bist keinem so richtig geheuer! Mit noch mehr Gehgeschwindigkeit könnte ich es doch nicht schaffen, meinem Aussatz nicht auf die Schliche zu kommen, auf der Flucht vor keinem.

Längst war ich nirgendwo mehr sicher vor mir und sinnvoll unterzubringen. Im ESPRESSO hat mir die Bedienung eine Grimasse geschnitten, ohne mir den Rücken zuzukehren, sie und ihr Freund machten sich nicht erst die Mühe, ihr Grauen vor mir zu verbergen. Ein alter dicker Mann drei Tische weiter hat mich zunächst gnomenhaft angeglotzt und dann sein Gedeck genommen, er hat es auf dem gegenüberliegenden Platz neu angeordnet und sich dann, nach einem rachsüchtigen letzten Gruß in meine Richtung, mit dem Rücken zu mir hingesetzt, sein feistes Gesicht in einer Fratze verzerrt. Wenn sogar ein derber Kerl wie der meinen Anblick nicht mehr aushalten kann! Den hartgesottensten Typen werde ich zu viel! Rausgeschmissen ehe sie den Rausschmeißer wecken konnten, bin ich wieder auf die Straße gegangen und sogleich gegen eine unverzüglich wütende Rentnerin gerannt. Ist sie nicht schon in der Minute vor dem Aufprall wütend gewesen, wie in einer schlecht einstudierten Rolle bei der ersten Probe? Im Zusammenstoß mit ihrem harten dicken Körper habe ich ihren Ekel vor einer Ansteckung durch mich gespürt, sie hatte es eilig, von mir loszukommen, ließ aber ihre Einkaufstaschen freiwillig und von hochgereckten Armen fallen, ich war ihr zu schuldlos, sie hat mich strafbar machen müssen. Meine Bitte um Verzeihung hat sich wie ein schauderhaftes Röcheln angehört und ist in ihrem Gekreisch um Zeugen erstickt worden. Eilends bin ich abgehauen, die Rentnerin schrie jetzt nach der Polizei und alle zeigten nach mir. In einer unterirdischen Toilettenlandschaft hat mich die von den Wollsachen unter ihrem schmierigen Kittel ausgestopfte Toilettenfrau wieder verjagt, die Münzen hat sie wie ein dreckiges Bestechungsangebot, Schmiergeld, Falschgeld aus einem Raub und Ding und Dreh mir aus der Hand geschlagen. Ja, wie schauen Sie auch aus! Ja, was haben Sie denn auch für verbrecherische Absichten im Kopf! Sie wagen es, laut zu sagen, daß Sie vorgestern einfach nicht so richtig in Stimmung waren, sich auf ihre Mutter einzulassen? Daß Ihnen neulich der Blick Ihrer Mutter ein bißchen töricht vorkam? Ja, wer hat Sie denn so zerbissen und zerscheuert? So können Sie sich nicht blicken lassen. Sie widern uns an. So dringt man nicht ein in die anderen. So selbstsicher fürchtet man nicht Leben und Tod. Es geht um Leben und Tod!

Sag mir, daß es wahr ist, Mutter, so geht es dir in den Straßen. Karlsruhe: das ist lediglich meine attrappenhafte Szene. Meine Ansichtskarten sind dir ja längst überall im Weg, diese Staubfänger, diese Unruhstifter, mein verlogener Trost, diese verdammte Scheinwelt; zu welchem unwahren Frieden will ich dich nur dauernd verführen, an was für einen Horror von Einwilligung verrate ich denn deinen Widerstand; in eine Gruselkammer von Einverständnis sperre ich dich, anstatt mir auch nur ein einziges Mal zuzumuten, daß du, und zwar von mir dazu angestiftet, endlich mal rufen kannst: Heut halt ichs nicht mehr aus! Ich bin heut einfach zu schwach für meine Biographie! Mitten im Winter aber lasse ich meine Mutter nicht unter einem ganz normalen Joch, sondern unter der Frühjahrsmüdigkeit leiden.

Mehr als sonst bin ich festgenagelt vom Eindruck, diese ganzen Sachen, diese ganzen Sätze, sie gehen keinen was an außer mir. Alles ist ausschließlich meine Sache. Alles, wovon ich rede, geht keinen was an außer mir: das ist mein ehrlichstes Schreibgefühl. Schon jeder einzelne Gedanke, der nicht nur mich allein was angeht, langweilt mich und macht mich ungeduldig. Viel später erst wird das nicht mehr meine Sache sein. Dann geht sie jeden was an, alle geht sie an, egal wen, alle, die können. Am wenigsten betreffen diese Seiten dann später dich, meine Mutter, denn du bist wie ich jetzt dran und jetzt steckst du mit mir tief drin.

Und da, während ich mich fühle wie kurz vor einer überfälligen Verhaftung, da bringt mir der Briefträger einen liebevollen, ruhigen, heiteren, was Schönes resumierenden Gruß von dir, einen guten Einfall, der mich beim schlechten Einfall, mir selber, erwischt. Da steht dein kleines Photo und du lächelst mich an, als hätte ich das verdient.

Mitten in Karlsruhe, mitten im Bewußtsein, aus dem Zusammenhang mit diesem Tag rettungslos herausgefallen zu sein und mich um gar nichts mehr kümmern zu können als um mein letztes notdürftiges Fortkommen von einer Minute in die folgende Minute, mitten in einer Leere, darin ich nur noch die Verzweiflung über mich mitbekam, meine eigene Imitation, da plötzlich hat mich das städtische Richtungsschild zoo wieder an uns alle erinnert und ich bin aus meiner weiten Entfernung von mir zurückgekommen zu den einfachen und selbstverständlichen Wünschen. Du bist mir wieder eingefallen wie jemand, der lebt. Du bist ja von mir selber mit dem Wunsch zoobesuch versorgt worden, und was nun? Soll denn das Wünschen nicht mehr helfen? Wollen wir nicht den Plan mit dem Zoo auf der Stelle in einem Datum fest und sicher unterbringen? Soll ich nicht sofort durchtelephonieren: Hier gibts einen Zoo und ich bin zu

Übungszwecken schon mal drin gewesen. Es wird euch so recht sein. Ihr werdet doch gar nichts dabei finden. Eine gute Idee höre ich dich sagen. Wie lang wir doch immer hin und her überlegen, um was Ablenkendes für die Mutter zu finden! Ihr fiele ja genug ein. Hallo Mutter, in den Zoo mit uns, am Soundsovielten! Ich habe mich schon über meine Stimme gefreut, mit der ich es ihr verspreche. Sofort anrufen, damit der Wunsch wiederholt und verstärkt und sehr dringend wird.

Der Zoo macht dich ganz geschichtslos. Wir sind wie einer vom andern an die Hand genommen. Ich Überläufer, treulos erwachsen geworden ohne dich, ich will meine Unredlichkeit rückgängig machen, ich will dein kleines Kind sein wie sich das gehört. In diesem Zootag bewegen wir uns so, als wäre beispielsweise der Satz MUTTER DU BRAUCHST JA BLOSS EINE GRIPPE ZU BEKOMMEN UND SCHON BIST DU VÖLLIG AUFGESCHMISSEN einfach unwahr.

Wie zutraulich bist du, meine Mutter, wie diesmal endlich doch dein Wünschen noch hat helfen können: jetzt machen wirs wie früher mit dem Vater und beginnen den Zoo mit dem Zoo-Café. Wie waghalsig doch, ausgerechnet wenn du an deine Kinder denkst, dir dein Unglück als einigermaßen übertrieben, als das Ergebnis einer wirklich ziemlich unbescheidenen Gedankenlosigkeit erscheint. Ich bin nicht ganz so schlimm dran wie die Elefanten, spürst du. Aber die Elefanten haben dir eine Weisheit voraus, sie sind vor der Geburt jede Aufsässigkeit und Auflehnung losgeworden, du Geduldige wirkst mit ihnen verglichen doch tatsächlich noch ungeduldig, sie haben sich mit der dir schwer erträglichen Erdschwere abgefunden wie mit einem Bauchweh, sie warten einfach ab. Du aber hast da schon wieder so einen umstürzlerischen Beschluß gefaßt und willst demnächst von deiner Bekleidungsgewohnheit abgehen und es wagen, Rock und Bluse anzuziehen. Gefaßt auf Tadel, siehst du in unsere Gesichter. Muß man nicht Personen, die durch einen ihrer gewöhnlichen Schrecken miteinander seelisch und körperlich heruntergekommen sind, zu einem Frieden bei den Elefanten raten? Rufen wir doch jetzt gleich die Mutter an: Wie wärs, übermorgen mit dem Zoo? Die Mutter freut sich sehr.

Die Aufforderung, mit uns in den Zoo zu gehen, schließt die Mutter in eine Geborgenheit. Es ist ihr, als werde eine ruinierte Welt von altertümlichem Gewölk frei geweht und wieder übersichtlich. Die Scheibenwischer geben eine Aussicht her. Etwas stimmt unverhofft. Es gibt Atemzüge mit Erlösungseffekt. Der Zoo: in welcher viel lebendigeren Vorzeit war denn das? Habe ich nicht in einem Irrtum und Dämmerzustand gedarbt? Da muß einem ja außerdem der Vater einfallen, aber im Zoo-Zusammenhang eigentlich ohne die beschwerende, alles gleich blockierende, spielverderberische, besserwisserische, die übliche Traurigkeit. Gehört der Zoo demnach nicht zu den vielen Schauplätzen, die von der Mutter als

Witwe gemieden werden müssen? Sind denn die an den Zoo gebundenen Erinnerungswerte nicht auch so furchtbar wertvoll und deshalb so furchtbar wertlos? Liebe Mutter, paß besser auf! Nimm dich in acht! Ich habe nämlich mit dem Spielzeugzoo unterwegs die Probe gemacht für den Besuch im großen und berühmten Zoo aus unserer gemeinsamen Vorgeschichte, worin wir alle ohne Lebensalter sein können, einfach planlos gnädig miteinander vernietet. Mutter, meine Probe ist nämlich nicht gut ausgegangen. Soll ich so ausgekocht, abgebrüht, hundsgemein, saugrob sein und dir diesen Tip geben, damit du uns erklären mußt: Ich komme lieber nicht mit in den Zoo.

Vor dem Kassenverschlag habe ich gehofft, für diesen kleinen Zoo wäre die Saison schon um. Es hat aber eine Frau mir den billigen Eintritt abknöpfen können. Ich habe noch einen Vorbehalt eingeschaltet und IST DAS RESTAURANT OFFEN gefragt. Der Zoo ist ganzjährig geöffnet, das Restaurant als Café und Milchbar auch. Mir ist keine Ausrede mehr geblieben und ich habe eintreten müssen. Ich bin mir sofort verwaist, geschwisterlos, verwitwet vorgekommen. Ich bin unfähig gewesen, überhaupt ein Tier anzuschauen und fast gerannt zwischen den Gehegen für Meerschweinchen, Schaftiere, Pfauen, Kleinbären, das schwarze Schwein aus Vietnam hat mir verdrossen und Bescheid wissend nachgesehen. Ich habe nach dem Café gefragt und bin im Café gewesen und vor einem Fenstertisch schnell wieder hinausgegangen. Am anderen Ende des Zoogeländes beim Mann am Ausgangsschalter hat mich das Löwenportrait auf einer Ansichtskarte umgestimmt. Der Zoobeamte hat mir mehrmals SIE MÜSSEN IN ALLE TIERHÄUSER GEHEN wie eine Warnung nachgerufen.

Jetzt bin ich im Café gewesen, ich habe aber nicht gewußt, ob ich der Mutter die Ansichtskarte schicken soll. Von noch so viel Kuchen würde ich nicht satt! Mir ist im Voraus vom Kaffee schlecht gewesen. Vor den Gittern und Käfigen auf 10 zählen, um eine Beteiligung zu fingieren, dann zu üben, denn sie besteht nicht, ist nicht von sich aus da, existiert nur in einem Dialog und braucht euch. Zu Hilfe! Mutter, was für eine ungeheuerliche Anmaßung, wenn ich dir rate: Sei fröhlich, genieße doch! Hier empfinde ich deinen Wirklichkeitsentzug endlich selber. Sterbend hat der Vater so viel Welt mitgenommen. Sie ist restlos weg. Ein Vater fehlt. Vaterlos und ohne einen Angelpunkt für die benebelnde Kindlichkeit im Zoo. Schutzlos und ohne eine Neugier sind wir ja halbtot und einseitig gelähmt wie nach einem Schlaganfall. Im Gestrüpp neben meinen Schritten hat mich ein kratzendes Geräusch auf freilaufende Erdmännchen aufmerksam gemacht und ich habe mich geekelt. Die schwere Gleichgültigkeit im Blick des Tigers von Peek & Cloppenburg hat mich gekränkt. Die Jaguare haben sich wie seit Jahrhunderten und wie für die nächsten Jahrhunderte ausschließlich mit den Eisenstangen ihres Käfigs befaßt, mit

ihrer folgenlosen Ewigkeit. Beachte mich, habe ich die schlafende Löwin beschworen. Jedes Tier hat nur auf sich selber reagiert. Mit keinem Tier wäre zu verhandeln. Mein Anblick macht die Löwin nicht einmal hungrig. Nicht einmal als Beute bin ich ihr einen Blickwechsel wert. Ich immerhin bedachte die Erdmännchen noch mit einem Ekel, so viel Mitgefühl immerhin brachte ich für sie auf, ich empfand etwas für sie: meine Langeweile und ihre Lächerlichkeit, und von den Raubtieren erhoffte ich mir doch viel! Aber die Tiere wollten mich nicht einmal verachten. Willst du also wirklich den Zoobesuch riskieren, Mutter? Und wenn die Kaltblütigkeit der Tiere dir nichts ausmacht, womit komme ich dir dann? Mit der Erinnerung an einen Menschen. Auf den Vater haben wir in gemeinsamen Zoozeiten noch ohne den Aufwand von Angst und Hoffnung reagiert, alle sorglos in der Todesferne, was für ein Leichtsinn: keiner, der nicht ständig stirbt.
Ehe aber der Wunsch ganz in mir verkommt, wird mich die Mutter an ihn erinnern. Sei doch nicht verrückt, armes Kind. Wie war das also mit dem Zoo? Wir hatten doch alle eine richtige Lust hinzugehen. Ja, wie war es? Oh, schön war es. Es hat sich so gelohnt. Obwohl wir die wichtigsten Tiere fast oft genug im Fernsehen gezeigt bekommen. Obwohl uns die Parkplatzsucherei vorher ausgelaugt hat. Wenn auch zu viele Leute da waren. Wir haben trotzdem eine Andacht beim Hauptlöwen hingekriegt. Wir konnten uns auf einen gefährlichen Traum einlassen, die Käfig-

stäbe wegdenkend, froh über die Käfigstäbe. An sämtlichen beliebten Affen schnell vorbei. Mit einer vorsätzlichen Geduld sogar für Flamingos, nebensächliche Teiche, gelehrige und kommunikative Tierarten, harmlose Begrüßungsnagetiere. Das Vergnügen der Mutter muß stattfinden, damit das viel größere Vergnügen der Tochter stattfindet und damit die Tochter wieder in die Welt gehört. Die Mutter zeigt im Zoo ein Interesse an der Welt. Sie sieht hier nicht wie ein ausgeborgter Mensch aus. Plötzlich fühlt sich Goethe zwischen Gardasee und Verona in einem kleinen italienischen Dorf nicht mehr wie im Exil. Das private Glück der Tochter tritt in der kleinen wichtigen Zoo-Epiphanie beim Anschauen der Mutter aus sich heraus – ist das denn noch ein individuelles, ein persönliches Glück? Der Tochter ist schwindlig vom Glücksgefühl ihrer Mutter, und sie empfindet die Ausnahme, das kollektive Glück als privat.

Daß für die Elefanten und uns doch die gleiche Zeit abläuft! Und was sonst noch alles überhaupt nicht zu fassen ist. Daß ich lebe, kommt mir jetzt so richtig vor. Beispielsweise wenn ich euch eben den Lebenslauf des Nilpferds vorlese und ihr mir zuhört, als hänge euer Schicksal davon ab, als stehe euer Leben auf dem Spiel, als drehe sich die Weltgeschichte drumherum. Es GESCHEHEN NOCH ZEICHEN UND WUNDER kann eine Empfindung sein. Bedingungslos endlich NICHT fehl am Platz sein, so wie damals mit meiner Mutter auf dem Friedhof. Als ich mit dir am Grab hantierte und mir zu meiner eigenen Bestürzung und zu meinem Glück sogar die Hände erdig machte, war es das Gefühl wie im Zoo: das wunderbar einfache Richtige zu tun, endlich, sogar ich. Das Einäschern ist doch gut, sagte die Mutter. Was man sich dadurch alles nicht vorzustellen braucht. Überhaupt ist es so, als würde ich einfach dieses Stückchen Land für ihn pflegen. In der kleinen unaufwendigen Geometrie dieser Grablandschaft habe ich alle Handgriffe und alle Wörter der Mutter neben mir als einen ganz ungeheuerlichen, fast nicht annehmbaren Vertrauensbeweis empfunden und ICH WERDE VOR LIEBE UND DANKBARKEIT GLEICH UMKOMMEN gedacht, in einem Glücks- und Schmerztaumel.

Mutter, wir machen das morgen schon wahr mit dem Zoo. Ich freue mich auf meine unbeabsichtigte Neugier bei den Tieren und auf meine beabsichtigte Neugier für deine Reaktionen. Jede Empfindung in jedem Augenblick ist von selbst da. Meine Beobachtungen sind unbezweckt, sind zwecklos, nicht zubereitet, vorgekocht. Ich habe mir die Krüppelhaftigkeit und den Daseinsverlust, diese schwindsüchtigen Verrenkungen meiner Probenangst im kleinen Zoo zustoßen lassen müssen, ich werde daraufhin mit euch nicht mehr so krank durch einen Tag hindurch müssen. Vor meinem Frieden mit euch liegt meine Katastrophe mit mir. Es war schön, werde ich sagen können, sogar auch zum Schrecken. Wie schön wird es erst sein, das Schöne.

* * *

Was schön ist: die Mutter genießt es, wenn sie den Eßtisch wieder mal für drei Personen decken kann, oder für zwei Personen, oder für fünf. Schön: wenn sie es vergißt, mir im Garten zu zeigen, wo und wie sie die tote Wachtel meines Bruders begraben hat und wenn ich sie dann dran erinnere. Da freut sie sich. Sie hat für den Vorgarten 30 Stiefmütterchen bestellt, und mir kann es überhaupt nicht in den Kopf, wie man auf so was kommt, wie ist es möglich, daß einem STIEFMÜTTERCHEN einfallen, PFLANZEN, SÄEN, Gartensachen. Schön: wenn ich so unfaßbare Gartensorgen mit ihr berede, vielmehr: ihr zuhöre, und wenn ich sie NICHT an ihre eigentlichen Sorgen erinnere. Ein Vertrauensbeweis wie deine Duldung meiner Anwesenheit auf dem Friedhof: dein Mittagsschlaf, während ich im gleichen Zimmer oder im Zimmer nebenan bin. Wie man schlafen kann, wenn jemand Waches in der Nähe ist! Sehr schön: ich stelle mich zurück, beinah kann ich mich als die Person, die ich bin, vergessen und mich als jemand begreifen, den du für mich hältst: ich lasse mir deine Küchenkräuter zeigen, mir von der Halsentzündung einer Nachbarin erzählen, ich gebe dir recht, doch, ja, die Magnolienblüte riecht wirklich nach Zitrone, geduldig betrachte ich mit dir die Signaturen im Buch über Porzellankunde, alles so, als gehe es mich an. Am schönsten aber, wenn ich dich erwachsen sein lasse: ich gebe dir Gelegenheit und Anlaß, mich zu kritisieren. Da, ich laufe wie ein ungepflegtes Ungeheuer herum. Ich gehe in zerfetzten Sachen, meine Mantelsäume sind runtergetreten, die Ärmelfutter sind ausgerissen, die Maschen fallen überall. In deiner entsetzten Überlegenheit bin ich glücklich: jetzt kann ich stolz auf dich sein. Ihre Stimme ist selbstbewußt. Sie weiß ganz genau, wie sie mich in diesem Moment behandeln muß.

Die erwachsenen Kinder haben am Abend etwas vor, wonach die Mutter nicht gefragt hat. Die Kinder werden ihr schon was davon erzählt haben, denkt sie. Sie weiß ja, daß sie ein bißchen zerstreut ist und manches vergißt, die Kinder sagen ihr das, das ist eine behutsame Kritik zu ihrem Wohl und so faßt sie es auch auf, aber gut konzentrieren kann sie sich nicht. Sie hört einfach nicht so aufmerksam zu wie früher der Vater. Mit Gleichgültigkeit hat das überhaupt nichts zu tun. Jetzt folgt sie aber einem guten Vorschlag der Kinder und übernimmt die Gewohnheit des Vaters, die Pläne und Termine der Kinder in ihr Tagebuch einzutragen.

Die Tochter hat wie immer zu hastig und zu stark beteuernd gesagt, was sie an diesem Abend vorhaben. Beteuern, Wiederholen, eine Schuldlosigkeit Einhämmern: wird von der Mutter alles für unnötig gehalten. Man braucht ihr bloß zu sagen, daß man entweder Zeit hat für sie oder keine Zeit hat für sie. Zusätzliche Ausschmükkungen wirken auf sie nur als erzählerischer Reiz. Der Nachweise bedarf sie nicht. Sie bezweifelt niemals eine Aussage der Kinder. Es käme ihr nicht in den Sinn zu argwöhnen, die

Kinder wollten sich vor ihr drücken, überhaupt: zu argwöhnen. Das kann sie gar nicht innerhalb des harten Kerns der Familie. Alles, was mit schlechtem Gewissen zu tun hat, ist ihr vollkommen fremd. Die Tochter hat ein schlechtes Gewissen, wenn das Gewissen nicht in jeglicher Denk- und Empfindungsrichtung gut genug ist. Weniger radikal zu fühlen ist schlampig und unerlaubt. Könnte doch nur ebenso radikal von der Tochter GELEBT werden!

Im Tagebuch der Mutter, während des Mittagsschlafs der Mutter, liest die Tochter diese unschuldigen bescheidenen Hilferufe, gerichtet an keinen: Ich weiß gar nicht, warum ich dauernd so müde bin. Es ist mir wieder so schwer gefallen, aufzustehen und mit allem anzufangen.

Die Mutter hat ihr Leben lang in die Kategorie Frühaufsteher / Morgenmensch gehört, erklärt die Tochter ihren beiden Tanten, den Schwestern der Mutter. Sie ist immer morgens heiter gewesen. Wenn ich runterkam in die Küche, um für uns ein paar Frühstückssachen ziemlich unlustig aufs Tablett zu stellen, war sie schon vor mir da und hat mich fröhlich begrüßt. Damals noch bin ich es gewesen, die morgens kein Motiv für den Tag gewußt hat. Jetzt ist es umgekehrt.

Die Tanten bleiben dabei, die ratlose Unlust der Mutter beim Aufwachen für das Normale zu halten. Die jüngere Tante fragt sich, warum denn neuerdings alles gleich der Ausdruck für eine seelische Krankheit sein solle. Das Gewöhnliche, Trübe, Unfertige, der bewußtlose Jammer: es sind nun einmal die Materialien, mit denen gelebt werden muß. Sie sind es ja nicht allein! Du siehst ja, später tagsüber ist die Mutter oft vergnügt, und abends geht es ihr sowieso immer viel besser, eigentlich richtig gut.

Die Mutter gibt der Tante schüchtern recht, blickt aber die Tochter weiter hilfesuchend an.

Die ältere Tante nennt Medikamente DROGEN. Auch sie befürwortet nicht den Rat der Tochter, die Mutter solle den befreundeten und zusätzlich freundlichen Nervenarzt aufsuchen. Immer gleich zum Arzt gehen, was ist damit gewonnen? Das macht nur hysterisch und verängstigt.

Aber IMMER GLEICH geht die Mutter ja nicht zum Arzt. Sie geht zuallerletzt oder lieber wenn es zu spät ist. Sie findet sich schon unerlaubt selbstbezogen, ja vorwitzig, wenn sie von einem neuartigen Unwohlsein erzählt: Mir ist es jetzt ein paarmal so merkwürdig flau gewesen, so ungefähr wie kurz vor einer Ohnmacht, auch schwindlig, einige Male, wahrscheinlich ist es nichts weiter, aber es war mir ein bißchen unheimlich. Doch wenn ich nicht vergesse, daß ich mich besser nicht bücke, geht es, wirklich.

Längst will sie dringend das Thema wechseln. Ihr kennt doch den neuen Apotheker. Der ist so ein gehemmter Mensch, er tut mir fast leid. Er will ja nicht unfreundlich sein. Stellt euch vor, ich kann ihn sogar schon richtig etwas auflockern, erzählt sie stolz. Ich bringe ihn zum Reden. Wie denn? Ja, zum Beispiel habe ich ihn gefragt, ob diese ganzen alten Flaschen und Tiegel, die er da in seinem Laden hat, von seinen Vorfahren geerbt sind.

Mit der angebrachten kleinen Verlegenheit sieht die Mutter immer noch stolz aus und wartet ab. Die Tochter muß einen Ekel vor der Vorstellung loswerden, daß die Mutter sich vor dem Apotheker erniedrigt, indem sie sich verkleinert und wie mädchenhaft unbotmäßig fühlt, den Apotheker, der ihr Sohn sein könnte, als Autorität empfindend. Danach erst kann sie UND WAS HAT ER GESAGT fragen. Er hat JA gesagt, berichtet die Mutter und merkt erst jetzt, wie schlecht es ihr doch gelungen ist, diesen Menschen »aufzulockern«, »zum Reden zu bringen«, und daß ihr Stolz darauf ein Irrtum war. Nachträglich müßte sie sich jetzt beleidigt fühlen. Sie wehrt sich gegen diesen Schaden an Leib und Seele, zugefügt vom Apotheker. Daran, daß er auf die paar anderen »auflockernden« Sätze von ihr ebenfalls nur mit jeweils einem Wort geantwortet hat, erinnert sie sich nun beschämt, diffamiert. Nicht recht ist es der Mutter allerdings trotz allem, daß die Tochter den Apotheker fortan verabscheut. So feindlich reagiert man nicht auf Menschen. Man versetzt sich in Menschen hinein. Es geht dann nie ohne ein Erbarmen ab. Daß man einen andern Menschen wie durch Welten von ihm entfernt nur unscharf sieht und überhaupt nicht versteht, ist für ein Erbarmen gar nicht nötig.

Die Tochter sagt: Bei Sigmund Freud ist ein Mensch in dem Augenblick krank, in dem er den

Sinn und den Wert des Lebens bezweifelt. Also, Mutter, bist du zumindest morgens krank. Daß es dir abends besser geht, paßt nur ins Bild der psychischen Krankheiten.

Eigentlich sind nicht mehr die richtigen Menschen da, spürt die Mutter.

Die Mutter ist nicht weinerlich und nicht wehleidig. Sie jammert überhaupt nicht. Sie kann einen Verlust sehr wohl FASSEN. Sie kann auch damit leben. Aber wie! Doch auch gar nicht so übel.

Einer alten Bekannten der Mutter, einer Frau mit zahlreichen sogenannten eigenen Interessen gegenüber, beteuert die Tochter, daß die Mutter keineswegs der Typ der gluckenhaft betulichen Mutter ist. Nicht entfernt! Und eigene Interessen, die hat sie sehr wohl auch. Und sie kann sich freuen! Sie kann sich für so vieles erwärmen, auch jetzt noch, jetzt wieder, wie lebhaft sie doch teilnimmt! Das ist es ja gerade!

Gerade die Heiterkeit der Mutter, diese Bereitschaft in ihr, rührt die Tochter an. Wie soll man ein so schillerndes Bild wiedergeben, das nicht einfarbige Unglück verständlich machen, diesen ganzen schon verwitweten oder noch unverwitweten alten Damen und ungefähr gleichaltrigen Bekannten der Mutter, die doch allesamt so viel tonloser empfinden, diesen Witwen vor dem Witwenstand und zu Lebzeiten ihrer Ehemänner, die rechtzeitig von jeher darauf geachtet haben, daß ihre Lebensgeschichten nicht durch die äußere Einwirkung TOD einen allzu gefährlichen, einfach nun mal tödlichen Sprung bekommen können.

Wie denn? Mitten in einem Satz starr vor Traurigkeit aufgescheucht von der Stimme ihrer Mutter, kann die Tochter das berichtete kleine Glück
kaum fassen: eine oder zwei nachbarliche Gefälligkeiten haben den Himmel aufgerissen, den
Tag verklärt, die Gegend der Stunden in eine
Ordnung gebracht.

Von irgendwas kann die Mutter nun außerdem
richtig belustigt sein. Daß am Vorabend das
schwere große Urgroßvaterbild von der Wand
gefallen ist und in einem weiten Umkreis Ein-
richtungsgegenstände erschlagen hat, daß der
zweihundertjährige Goldstuckrahmen zu Staub
zerbröselt ist, hat jede Symbolik verloren, ist kein
Zeichen mehr, ist keine Katastrophe mehr, und
die Mutter ärgert sich nur noch, bodenständig,
vernünftig, praktisch, sie ärgert sich über sich selber, denn es war leichtsinnig, die alte Kordel vor
Monaten nur ein bißchen auszubessern und nicht
durch einen Draht zu ersetzen. Damit ist jeder
metaphysische Beigeschmack und Unheilshauch
verflogen. Die Tochter bleibt zurück in Sätzen
über begrabenes zersplittertes Eigentum – wieder
ein Stück Familienleben ist verloren – und die
Mutter ist voraus und klebt bereits oder wirft
weg, hat sich entschieden, so oder so, und
getrennt von nutzloser trüber Vergangenheitsse-
ligkeit.

Meistens ermißt die Mutter ihre Lage überhaupt
nicht.

Ein beliebiger Vormittag und es ist schon nach
elf, die verabredete 10-Uhr-Zeit für den tägli-

chen Morgengruß am Telephon: wie weit schon überschritten! Die Tochter wird fahrig vor Unruhe. Kann die Mutter sich nicht aufraffen, kann sie ihre Stimme nicht beherrschen, muß sie befürchten, sich nicht unbeschwert genug anzuhören, will sie die Tochter nicht betrüben, oder ist es was Physisches, wurde ihr schwindlig, vermag sie es nicht, sich vom Bett zum Telephon zu schleppen – WAS IST DENN LOS? Soll ich denn bis zum 18-Uhr-Telephonat warten, wenn nach unserer Spielregel ich es bin, die anruft, und wirst du denn abnehmen, womit wirst du mir dann denn Sorgen machen?

Und wenn die Tochter ihrerseits bei der Mutter anruft, erledigt sich der ganze Schreckenswucher mit der großen sanften Verwunderung der Mutter: Ach stell dir vor, ich habs einfach vergessen! Da war erstmal das, dann kam das, dann hab ich allerdings gedacht JETZT MUSST DU ABER ANRUFEN aber in dem Moment ist das und das dazwischengekommen und danach hab ich es wieder spurlos vergessen. Aber du darfst dich doch nicht so aufregen! Es kann doch immer mal sein, daß man einfach nicht dazu kommt!

Die Tochter muß der Mutter wirklich dringend wünschen, daß sie das Telephonieren vergißt. Ein besseres Zeichen fürs Wohlergehen der Mutter gibt es ja kaum. Es sei denn, eines Vormittags passiert doch etwas.

Die Tochter ist reich eingedeckt mit Möglichkeiten, sich der Mutter gegenüber schuldig zu fühlen. Die Mutter muß völlig reell auskommen mit den selbstverständlichen Gefühlen, sie lebt ohne Tricks in der Routine des Witwenalleinseins, ohne die Hochgefühle, mit denen ich es besser habe, ich habe es mit den Gestorbenen besser als mit den Lebenden, ich habe mehr von ihnen seit sie nicht mehr da sind und Angst verursachen, ich kann einen Wetterbericht anhören, ohne um den Vater zu zittern, und sie haben mehr von mir, ich bin ruhiger geworden, ich bin besser zu gebrauchen. Die Mutter kennt diese Art von Schonung nicht, ihr wäre es lieber, bei sämtlichen denkbaren Wetterlagen um den Vater zu zittern, aber so hat sie ja nie mit ihm gelebt, sie hat ja gar nicht um ihn gezittert. Sie ist ehrlich und lebt lieber mit den Lebenden. Ich jedoch werde durch jeden Tod ein Stück weiter erlöst. Es ergeben sich immer bessere Verständigungsmöglichkeiten. Es ist aus mit der kränkenden, überanstrengenden Vorläufigkeit zwischen uns. Jetzt sieht man klarer. Jetzt muß nicht mehr alles wiederholt, überarbeitet, renoviert, beteuert werden. Ich bin den Endgültigkeiten näher. Aber: DO NOT DIE! Das ist doch auch meine Stimme!

Wieder hat die Mutter einfach bloß vergessen, zur verabredeten Zeit zu telephonieren, sie gibt das heute ein bißchen beschämt zu, aber ahnen kann sie gar nicht, was für belohnte Stunden der Tochter an diesem Vormittag entgangen sind: die Mutter hat nämlich, ehe sie das Telephon total vergaß, sehr dringend sagen wollen, wie froh sie gestern abend eingeschlafen ist, noch ganz überfallen von glücklichen Gefühlen im

Zusammenhang mit ihrem langen Straßenbahn-ausflug zu den Kindern. Wie schön es bei euch war. Wie köstlich war der Kaffee, wenn auch fast eine Spur zu stark, aber er ist mir trotzdem gut bekommen. Und vom Kuchen war ich so satt, ich hab dann ganz spät beim Fernsehen nur noch etwas Obst gegessen, stell dir vor! Die Arma-gnac-Pflaumen haben mich noch lang richtig beschwipst gemacht, und lauter so fröhliche gute Sachen hat die Mutter mitteilen wollen.

Sie ist heiter, und ich habe sie mir niedergedrückt vorgestellt. Immer wieder zwischendurch fühle ich, daß ich beim Schreiben die Mutter schon zu sehr verarbeite, beinah verwandle. Ihr Weiterle-ben als Witwe sehe ich immer deutlicher, aber immer mehr nur aus meinem Blickwinkel.

Ich bin drauf aus, mir meine intellektuellen Freu-den zu bereiten. Ich will immer einen Gewinn für mich rausschlagen. Wo mir das nicht gelingt, versteinere ich, ja wie ein Stein, wie ein verstei-nerter schwerer Käfer bleibe ich am Wegrand übrig, am Ende meiner Bewegungen.

Die Mutter verwechselt beim Bericht an den Schwiegersohn wieder Beihilfen, Krankenkas-sen, Formulare, Bescheinigungen und von wel-cher Behörde sie nun Geld, eine Aufforderung, einen Antrag bekommen hat, aber ganz neugie-rig hört sie auf die Belehrungen. Wenn sie aus-nahmsweise sogar mal was nicht verwechselt und richtig gemacht hat, ist sie stolz. Sie ist vergnügt, weil sie pünktlich war. Sie meint immer noch, wenn eine Rechnung auf sich warten läßt, sie müsse an die Rechnung erinnern. Rechnungen kommen von selbst, Mutter. Ihr ists aber halt wohler, wenn sie bezahlt hat. Trotzdem sagt sie: Natürlich bezahle ich in der Elektrischen, ich will ja nicht erwischt werden, obwohl — ich meine, es kommt ja halt nie einer, es ist fast schwierig, sein Geld loszuwerden, auch im Kaufhof, ihr solltet mich mal sehen, was ich da herumlaufe, bis ich jemand finde, bei dem ich endlich abkassiert werde.

Die Mutter weiß nicht recht, ob es ihr Spaß macht oder ob sie das ein bißchen empörend findet und nicht korrekt anwendbar auf sie selber, ach es macht ihr doch eigentlich Spaß: der Schwiegersohn hat gelesen, daß Frauen ein weniger stark entwickeltes Rechtsempfinden haben als Männer. Siehe Straßenbahnbillett, bei dir. Die Mutter spielt jetzt ein Eingeschnapptsein-Spiel mit dem Schwiegersohn, sie genießt es. Du zahlst nicht deshalb, weil du empfinden würdest, daß du dazu verpflichtet bist. Daß du da was im Bereich des Allgemeinwohls mitzufinanzieren hast. Die Dienstleistung an dir. Eigentlich hast du keine Lust zu bezahlen. Du willst nur nicht die Strafe bezahlen. Die Mutter stimmt eifrig zu. Ich will auf keinen Fall von so einem Kontrolleur beschämt werden. Und weißt du, die vielen Leute, die dann immer zusehen.

Die beiden unterhalten sich. Nichts ist wichtig. Alles ist wichtig. Seit die Mutter mit dem Nachmittagsbesuch bei den Kindern angefangen hat, ist die Tochter in einer Gefühlspanik gewesen.

Jetzt stabilisiert sich die Lage. Aus der Gefühlspanik schält sich dieser Augenblick, dieses Glück,
die Mutter sieht so untergebracht aus. Das ist das
richtige und vernünftige Glück, das Glück über
andere Personen, das Glück für die anderen Personen. Ein eigenes, nur auf sie selber bezogenes
Glück muß von der Tochter vermieden werden.
Sie weiß auch nicht mal genau, worin es besteht.
Es macht ihr nur einen Kater wie nach Miß-
brauch mit Giften. Jetzt kann die Tochter, nach
ihrem Empfindungsanfall, wieder nach Luft
schnappen.
Es geht mir so wechselhaft mit der Mutter. Den
heiteren Nachmittag mit ihr überdenkend, sehe
ich meine Empfindungen, die sie wie in einen
Kokon luftdicht verwoben haben, in einer düste-
ren Verkehrtheit. Ja, viel beiläufigere, leichtge-
wichtigere, eigentlich fast lustige Wörter müßten
gefunden werden. Wie lebhaft sie war. Wie inter-
essiert, wie vergnügt, wie angeregt und selber
anregend. Auf keinen Fall darf der Tonfall weinerlich sein. Die Schmerzlichkeit einer Dur-
Melodie bei Schubert, und wie bei Schubert ein
Lied in Moll zugleich auch etwas Heiteres aus-
sagt. Diese sanfte offene Gleichzeitigkeit.
Doch dann wieder, zwei Vormittage später, muß
ich die Mutter einfach für niedergedrückt halten,
zumindest für schlecht aufgelegt, sie ist nervös,
sie ist auch müde, sie ist lustlos – oder sind das
meine eigenen Hörfehler? Wie rede ich denn
auch mit ihr! Kann ich sie denn nur entweder
ruppig zurechtweisen oder in einer blöden Baby-

sprache, wie herablassend, wie unbeteiligt, nicht ernst nehmen? Wie verkrampft ich doch immer wieder bin, ihr gegenüber. Daß ich es ihr übel nehme, wenn sie mich einmal nicht mit ihren guten Mitteilungen in Schutz nimmt! Wenn sie mir einmal nicht sagt: Wie froh bin ich eingeschlafen. Wenn halt nichts im Radio war, das ihr gefallen hat. Was für ganz normale Belanglosigkeiten, die den Alltag doch ganz normalerweise färben, mich bei ihr zermürben, bösartig ungeduldig machen. Wieder ist mir die gelassene heitere Sprache über sie restlos verlorengegangen.

* * *

Die Mutter hat im Fernsehen einen Film über den Wert der Einsamkeit gesehen und ist ziemlich angewidert von dem verlogenen Kitsch. Sie hat es ganz gut heraus, es sich gemütlich zu machen. Sie sichert den Kindern zu, daß sie auch am Abend dieses Gedenktags keineswegs trübsinnig herumsitzen wird. Sie winkt und bleibt am Gartentor, als komme es drauf an. Es kommt drauf an. Genau so hat sie immer mit dem Vater ausgeharrt. Winken bis zuletzt. Sie setzt diese Tradition fort, auch diese. Woran man sie nämlich nicht erst erinnern muß in ihrem neuen Leben ohne den Vater, das sind die Gebärden und Sitten aus der gemeinsamen Zeit mit dem Vater. Das ist der Lehrstoff einer gewissenhaften, fast pedantischen, aber auch zurückhaltenden, schüchternen Zärtlichkeit. Nun allein, übt sie weiter aus, unaufdringlich, manchmal etwas schulmäßig und wie bedacht auf eine gute Zensur, was sie vom Vater gelernt hat. Es ist ihr leicht gefallen. Aber überhaupt nicht alles in Ausdruck, Gesten, Handlungen der Mutter ist vom Vater überliefert. Sie hat eigene Ideen. Im Verlauf ihres ersten Jahres ohne den Vater überrascht die Mutter ihre Kinder jetzt häufig mit selbständigen Einfällen und Anwendungen auf dem Gebiet der verwandtschaftlichen Liebe. Was für ein unvermessenes, weites, nicht abgestecktes Gebiet das ist! Die Mutter setzt ihrer Liebe zu den Kindern keine Grenzen, darin sie selber ein ihr bekömmliches, ihr nützenderes, für sie zweckmäßigeres Leben führen könnte. Das fiele ihr nie ein und das hat sie außerdem nie gelernt: auch nur im geringsten maßvoll und auch nur eine Spur pragmatisch an sich selber zu denken, jeweils zunächst mal. Wenn sie einfach spontan was Schönes wegschenkt, schenkt sie sich selber was. Aber ohne großen Aufwand. Nichts von Selbstaufgabe, atemnehmend. Keine Sentimentalitäten. Keine deklamatorische Aufopferung.

Vom lederbezogenen Backensessel mit seinem familiengeschichtlichen Wert, der für sie bestimmender ist als der geldbringende Wert einer besonderen Antiquität, muß sie dennoch eine Art von schmerzlichem Abschied nehmen. Das ist doch ganz natürlich! Da macht man doch keine große Sache draus. Kein Theater. Ich freue mich, daß der Sessel von nun an bei euch ist. Und trotzdem, ich hatte ihn ja schließlich gern. Ich sehe alle die Räume, in denen er gestanden hat, alle die Zimmerwinkel aus einer schönen Vergangenheit. Weil es eine Vergangenheit mit dem Vater ist, woran die Mutter sich erinnert, ist es immer eine gute Vergangenheit, auch in der äußerlich schlechten Vergangenheit. Wer hätte die Mutter denn auch in der Eigenliebe unterweisen sollen? Der sanfte zarte Mann doch nicht, der Vater. Und außerdem wäre sie vor diesem Stoff als die schlechteste Schülerin erschrocken.

Wir haben die Sylvesternacht mit der Mutter verbracht. Ringsum weitersagen. Will ich etwa dafür gelobt werden? Als wäre es nicht die einzige und die beste, glücklichste Lösung gewesen, für diese Nacht, für die Mutter und exakt deshalb für mich. Ich kann mich nicht ausruhen im Gefühl, daß wieder einmal für Stunden, jetzt für den Begriff JAHRESWECHSEL, die Mutter versorgt worden ist mit dem erforderlichen Zugetansein, mit der Geborgenheit, dem Vergnügen. Ich stehe auf und alles ist unfertig, unruhig, nur angefangen, nicht gut genug. Alles muß weitergetrieben werden. Das Geflickte ist von neuem zerrissen. Ich bin wie eh und je innerhalb der Vorläufigkeiten.

Die Tochter merkt, daß sie selber als eine schwierige Person kaum noch in Erscheinung tritt, kaum zum Vorschein kommt auch für sich selber neuerdings, wenn sie mit der Mutter zusammen ist. So neugierig und überrascht und verwundbar ist sie, so absolut konzentriert auf die Beobachtung der Mutter, so leidend und so glücklich. Wie sie mit mir redet und umgeht, unbefangen, verändert sie mich ja. Sie nimmt mich nicht schwer. Ich bin höchstens ein bißchen merkwürdig für sie, überwiegend mit Äußerlichkeiten. Sie macht mich ihr gleichaltrig, zu einer Jugendfreundin, sie selbst ist so verjüngt, und im selben Moment auch wieder verwandelt sie mich in ein Kind ohne bestimmtes Lebensalter. Dann, mit einer neuen Bewegung, ist sie das Kind und wird von außen gelebt, auch von uns.

Wieder so ein 1. 1., der zweite ohne den Vater. Ein als Sonntag entstellter, verunsichernder Donnerstag. Auch ohne Abschiedsgefühle gegenüber dem alten Jahr, wirklich ohne Wehmut, denn was war das für ein Jahr, und ohne feierliche Beginn-Ehrfurcht in den ersten Neujahrsstunden – möchte man nicht doch in sich spüren, daß sich etwas Veränderndes, Verbesserndes wenigstens ankündigt? Immer ist auch das Wetter wie das Wetter von gestern, vorgestern, seither. Kein Schneefall öffnet dir plötzlich die Augen, ACH SO IST DAS ALSO sagst du nicht erstaunt, aufgeweckt von einem neuen Anblick, kein Eisregen stimmt dich um und der Wind kommt aus der üblichen Richtung. Müßte man nicht abreisen?

Die Tochter hat Pläne im Kopf für den Schnee. Die Mutter kennt das Hotel seit zwei Monaten, bei einem kurzen Aufenthalt mit ihren Schwestern ist sie dort fast glücklich gewesen. Noch lieber, das hat sie während des gesamten Aufenthalts gespürt, wäre sie dort mal mit den Kindern. Ich müßte jetzt nur sagen: Wie wärs, wenn wir für eine knappe Woche zu dritt dorthin führen. Mehr nicht. Die Mutter würde auflachen vor Freude.

So nah und leicht erreichbar ist eine Gnade für die Mutter, nur eine Handbreit entfernt liegt sie da herum, ich müßte mich nicht weiter vorbeugen, um sie zu fassen und weiterzugeben, ich rühre mich nicht. Es beruhigt mein Gewissen aufs Schäbigste, daß ja die Mutter von meiner ungenutzten Chance nichts ahnt. Sie ahnt nicht, was ihr durch meine innere Flauheit entgeht. Sie findet mich liebevoll genug. Eher ja fast: zu liebevoll. Indem ich ihr etwas zu wenig gebe, gebe ich ihr so gut wie alles nicht.

Ja, was werde ich am Neujahrstag wohl machen, hat sich die Mutter gefragt, allein spazierengehen kann ich nicht gut. Die Tochter und der Schwiegersohn sagen, das könne sie doch gut und sind spazierengegangen. Die Mutter freut das sehr.

An die Mutter denke ich sehr körperlich. Sie verschränkt die Arme und zieht sich ein bißchen ein. Sie ist mir früher groß vorgekommen. Jetzt wirkt sie klein auf mich. Ich kann sie kaum für Minuten objektiv sehen. Ihre Hände sind fast mager, darf ich eigentlich gar nicht merken, auch nicht: plötzlich fällt mir auf, daß an einer Stelle ihre Stirn so blaß ist, daß die Haut transparent wirkt, der Nacken ist so dünn, das alles ist ein Körper, es ist sterblich. In Wahrheit aber komme ich doch von der Gewißheit nicht los, daß auch sie, sie wie ich, unsterblich ist. Ich erinnere mich an den Körper. Sie ist ein Körper. Sie ist ein

Kind. Aber 73 Jahre alt wird sie. Sie will nicht, daß das in der Zeitung steht. Auf einmal habe ich sie gern, wie ungefähr ein Vater sein Kind gern hat, mit dem Schmerz meines Vaters, so ungefähr: das Äußerste ständig aufs Inständigste gönnen, diesem Kind, diesem kleinen lieben geplagten Körper da.

Die Mutter hat keinen letzten Spaziergang des Jahres und keinen ersten Spaziergang des neuen Jahres machen können. Sie hat stattdessen die alten Kalender gegen die neuen Kalender ausgetauscht. Sie ist nicht kurz vor Einbruch der Dunkelheit zwischen den ernsten Braun- und Grautönen im Wald gewesen, in dieser schwierigen Herberge für die Übergangszeit. Ich möchte gezielt, geradeaus, zügig der Mutter nebenher, hinterher und vielleicht voraus schreiben. Einer Linie entlang, ihrem Witwenlebenslauf.

Gestern hat sie nicht gewußt, wie sie sich mit vielen Anhaltspunkten den heutigen ersten Tag des Jahres anfüllen soll. Es ist doch ein Feiertag! Man kann nichts einkaufen, ich könnte auf den Friedhof gehen, dann wäre ich endlich mal wieder dagewesen. Es ist nur immer so eine richtige Reise dorthin. Und dann habe ich nicht aufgepaßt, mit dem 6. Januar, Epiphanias, da will ich doch nicht zum Arzt, ich habe nicht achtgegeben, als er mir diesen Termin gab, ich werde absagen. Aber warum denn? Was frag ich denn, beschimpft sich die Tochter, ich weiß doch die Antwort. Warum? Weil wir da zum letzten Mal den Christbaum genießen wollen, wie immer am

6. Januar. Dann hört die Weihnachtszeit auf. Sie hört am besten zusammen mit den Kindern auf.

Die Mutter ist jeweils gleich umstimmbar und dankbar vergnügt, wenn sie mit einem Plan der Kinder ausgestattet wird. Der Plan darf ruhig noch ungenau sein. Wir werden irgendwas machen miteinander, vielleicht bei uns, sorg dich nur nicht. Doch befürchtet sie gar nichts. Sie fühlt sich im Voraus sicher aufgehoben. Alles ist wieder gut, das geschmälerte ALLES der Witwenjahre. Die Tanten sind für ein paar Tage nach London geflogen. Sie haben noch nicht einmal ein Kärtchen geschickt. Kein Vorwurf! Die Mutter wagt in ihrem Innern keine Anklage! Sie ist nur etwas betrübt. So ganz klar werden will sie sich nicht über diese Gefühle.

Wie gedankenlos von den Tanten, verschweigt die Tochter, die doch spürt, daß gerade so eine Vergeßlichkeit etwas Gutartiges hat. Daß man mit der Mutter schon wieder ein bißchen nachlässig sein kann, wirkt krampflösend. Die Tanten bringen eine Ungezwungenheit ins Leben der Mutter. Die Traurigkeit über den Tod ihres kleinen Hundes wird zwanglos mit der Traurigkeit über den Tod des Vaters verglichen. Das ist sanft, das ist ehrlich. Merkwürdige Einfälle der Tanten überraschen die Mutter und verlocken sie zu leicht abwegigen, abenteuerlichen Unternehmungen. Mit viel Umsteigen und mehreren Eilzügen sind sie neulich zu dritt langsam und billig nach Ulm gekommen. Was für eine komische Reise, erzählt die Mutter, mit dem Vater wäre so eine

Fahrerei undenkbar gewesen. Die Tochter staunt über eine erstaunte Mutter mit der Erfahrung des mitternächtlichen Hauptbahnhofs von Stuttgart. Wie wenig das zur Mutter paßt, wie wenig es aber auch schadet.

Es ist doch keins von euch Kindern gekränkt, wenn ich vielleicht lieber mit meinen Schwestern an den Lago Maggiore fahre, fragt die Mutter vorsichtig. Jetzt meint sie, sie habe sich zu entschuldigen, weil sie halbherzige Aufforderungen der Kinder nicht annehmen wird. Sie sagt: Da sehe ich doch noch einmal eine mir gänzlich fremde Welt, das Tessin. Und die hohen schweizerischen Schneeberge!

Die Tochter kann nicht fassen, was sie da hört, sie läuft einen Tag lang wie benebelt mit dem Satz herum: Die hohen Berge haben mir doch in meiner Entwicklung noch gefehlt. Ein Satz von der Mutter. Von den Tanten lernt sie eine andere Neugier für die Welt. Sie nimmt das leicht. Sie übernimmt eine Art Grazie. An was für neue Wörter man sich jetzt heranwagen muß.

Das vorbesprochene Abendessen schmeckt den Gästen der Mutter, ihren Kindern. Sie loben es immer wieder. Und reichlich genug ist es auch, diesmal? Ich werde mich schon wieder an so gesunde Portionen gewöhnen. Könnten wir das nicht jede Woche einmal machen? Jede Woche ein Essen? Die Mutter erwartet keine definitive Antwort darauf. Aber sie hätte gern eine, das schon. Und soll ich nicht in Zukunft eure Wäsche waschen? Ihr erzählt doch immer, wie sie in der

Wäscherei mißhandelt wird. Es wäre richtig und sinnvoll. Ich habe ja Zeit für sowas. Das Angebot kann trotzdem von den Kindern eindeutig abgelehnt werden, denn hier läßt sich von der Schonung der Mutter reden.

Die Mutter sagt: Sekt ist doch was Köstliches. Hoffentlich habt ihr nicht zu viel dafür ausgegeben. Wir sehen eine Stunde lang Sylvesterkabarett im Fernsehen. Die Mutter holt noch einen Teller mit Gebäck. Gemütlich, sagt die Mutter. So zu dritt. Später, im Wohnzimmer, ist es ohne jede Aufdringlichkeit gewesen und kann einfach kein belastendes Unbehagen gemacht haben, als die Mutter einfach so mittendrin und aus dem Zusammenhang heraus WIE SCHÖN FÜR MICH DASS ICH EUCH HABE gerufen hat. Auch so mittendrin und noch vor sämtlichen bedeutungsvollen Glokkenschlägen, den für diese Nacht fälligen Beweisen und Aktionen, hat sie von hinten den sitzenden Schwiegersohn umarmt und einfach schnell mal ganz kindlich abgeküßt. Wie einmalig sie ihre Liebe zeigen kann. Sie ist ungeniert darin, und dafür wieder geniert sie sich etwas, deshalb überzeugen und gewinnen ihre Sympathieüberfälle.

* * *

Je mehr ich die Wirklichkeit der Mutter erlebe, desto schwieriger – und fast unmöglich – erscheinen mir die beschreibenden, sie rundum erfassenden Sätze über sie. Mir schwindelt aber nicht mehr vor einer entseelten Schreibbeobachtung, denn sie ist das Gegenteil geworden. Die Wahrnehmung der Mutter als Arbeitsmaterial ist für mich keine ungeheuerliche Anmaßung mehr. Es macht mich auf eine vorher unbekannte Art liebevoll, auf eine neue Art vergnügt, wenn ich zum Beispiel eine Postkarte der Mutter nach meinem privaten Gebrauch von ihr zum Arbeitsmaterial lege. Wie ernst ich nun die Mutter endlich nehme. Auf eine zum ersten Mal wirklich universale Weise kümmere ich mich um die Mutter. Worüber dürfte ich denn sonst schreiben? Was außer ihr wäre denn zu diesem Zeitpunkt nicht Zerstreutheit, nebensächlich und Verrat und einfach nur leer behauptet?

Es beschämt mich, daß ich im Sicherheitsgefühl meiner Kindheit und in den gedankenlosen Zeiten danach nie gewissenhaft zugehört und auch nie nachgefragt habe, wenn die Eltern aus ihren Vorgeschichten erzählten, falls sie das überhaupt je richtig getan haben, sicher aus Zurückhaltung nie gründlich genug, sicher fürchteten sie, uns damit zu langweilen. Es ist bruchstückhaft, was mir ohne zu recherchieren einfällt.

Die Mutter hat nach dem Abitur für die damaligen Verhältnisse erstaunlich Emanzipiertes unternommen. Sie ist von zu Haus weggezogen und hat sich als Sekretärin ausbilden lassen. Zugleich hat sie Gesangsunterricht genommen. In was für einem Büro hat sie denn gearbeitet, nach was für einer Art Examen denn, in der kleinen Kurstadt, zur Untermiete, vielleicht mit einer Freundin, und wenn sie gelacht hat, muß sich das genau so angehört haben wie jetzt.

Der Vater ist sofort mit ausschließlicher Gewißheit ihre große Liebe für immer gewesen. Mutter,
ich muß mich nach dir erkundigen. Das erste
große Menü hast du dem Vater nicht gemacht.
Du hast gar nicht gemerkt, daß er sehr wohl Lust
hatte auf den Hasenbraten. Es ist ihm ein Hase
geschenkt worden und du hättest ihn zubereiten
sollen. Du hast dich in voller Übereinstimmung
mit dem Vater gefühlt, als du deinen Abscheu
zeigtest, ihr habt den toten Hasen gemeinsam im
Wald begraben und statt dessen irgendeinen
Pudding gegessen. Der Vater hat sich sein Leben
lang nichts aus Pudding gemacht, später wußtest
du das, aber die Hasengeschichte, über die der
Vater dann nachsichtig geseufzt hat, hast du
immer weiter als Beweis einer gemeinsamen
Wirklichkeitsabwehr genommen.
Die Mutter schreibt ins Tagebuch, was ihr einfällt und wie es ihr einfällt. Einen Streit aber läßt
sie weg: er ist ja geschlichtet! Am Postkartentext
für die Kinder hat sie nichts manipuliert, ihre
Eindrücke gibt sie der augenblicklichen Einge-
bung entsprechend wieder. MEINE LIEBEN KINDER,
schreibt sie, zurück von dem Aufenthalt im
Schwarzwald-Berghotel, das die Kinder längst
ausführlicher kennen als die Mutter mit ihren
wenigen Tagen schöner Ferien dort oben, den
ersten Ferien ohne den Vater. Auch die Kinder
haben dieses Hotel gern. Es liegt günstig mit
Weitblick in die Niederungen nach Westen, in
alle andern Richtungen angrenzender Wald zum
Spazierengehen. Anfang November war die

Mutter mit ihren beiden Schwestern dort. OB IHR SCHON ZU HAUS SEID? ICH HAB NIX IN MEINEM KALENDER STEHEN. AUF JEDEN FALL SENDE ICH EUCH VIELE GRÜSSE ZUM SONNTAG UND FREU MICH, EUCH BALD WIEDERZUSEHEN. WIR HABEN EINE HERRLICHE ZEIT DA OBEN. ICH MÖCHTE AUCH MAL MIT EUCH DA SEIN. ES WAR GAR NICHT SO TEUER UND ICH HATTE SO EIN SCHÖNES ZIMMER. DENKT MAL, WIR BRAUCHTEN ALLE UNSERE WARMEN SACHEN NICHT, DENN DIE SONNE SCHIEN VON MORGENS 8 BIS ABENDS ½6 VON EINEM STRAHLEND BLAUEN HIMMEL! ICH BIN SOGAR BISSCHEN BRAUN GEBRANNT. IN BADEN-BADEN GINGEN WIR IN DIE KUNSTHALLE, WO EINE WUNDERBARE AUSSTELLUNG MAILÄNDER GEMÄLDE WAR. UND DANN DIE LAUBEN MIT DEN SCHÖNEN SACHEN UND KLEIDERN ALL, ABER UNGLAUBLICH TEUER UND EIN KOLOSSALER AUTOVERKEHR IN DER STADT. WIR ASSEN IM CAFÉ KÖNIG, WO ICH VOM SCHAUINSLAND SO OFT MIT DEM VATER WAR, DORT ASSEN WIR PASTETCHEN UND TRANKEN TEE. UM 10 WAREN WIR VOM HOTEL (WO ÜBRIGENS DIE TANTEN ALS ALTE KUNDEN BEGRÜSST WURDEN) ABGEFAHREN MIT DER TAXE, UM 2 GING UNSER ZUG UND UM HALB 4 WAREN WIR SCHON WIEDER ZU HAUS. DIE VERPFLEGUNG IST JA PHANTASTISCH, ES WAR MEINEN SCHWESTERN IMMER VIEL ZU VIEL. FÜR MICH WAR ES SELTSAM, ZUM 1. MAL SEIT 54 JAHREN OHNE JEDE MÄNNLICHKEIT ZU REISEN UND ZU WANDERN. ICH HABE OFT AN EUCH GEDACHT, OB IHR AUCH SO SCHÖNES WETTER HATTET WIE HIER ODER NEBEL UND KÄLTE? KOMISCH WAR ES ZUERST, GANZ OHNE ZEITUNG, RADIO + FERNSEHEN ZU SEIN. ABER MAN GEWÖHNT SICH DRAN. MEIN ZIMMER WAR UNSER

WOHNZIMMER, DENN ICH HATTE SCHÖNE SESSEL UND I STEHLAMPE UND ES WAR SO WARM, DASS WIR BEI OFFENEM FENSTER SASSEN! UND DANN IMMER ZUM SCHLUSS NOCHMAL HINAUS, DEN STERNHIMMEL BESTAUNEN. ES WAR EIGENTLICH FÜR MICH FAST DAS EINDRUCKSVOLLSTE, DENN SO VIEL HIMMEL SAH ICH LANG NICHT MEHR UND DIE MILCHSTRASSE UND DIE LEUCHTENDEN STERNE! ES WAR SO SCHÖN BEI DER ANKUNFT, EURE KARTE ZU HABEN, VIELE HERZLICHE GRÜSSE M.

Mündlich hat die Mutter ihren Bericht noch erweitert, ausgeschmückt aber nur mit Ehrlichkeiten. Die Mahlzeiten hat sie beschrieben und gelobt. Die Kinder reden viel abgebrühter, unzufriedener, hochnäsiger über Hotels und deren Service. Die Mutter staunt und freut sich hingegeben. Unermeßlich fähig zu beidem. Das Frühstücksbuffet! So großzügig und verlockend findet sie, was die Tochter beispielsweise als Geiz der Hoteliers beschimpft.

Die Mutter hält dran fest, daß die kurzen nächtlichen Besichtigungen der Sterne der wichtigste und schönste Eindruck waren. Und man hatte wirklich das Gefühl, daß es bei den Sternen nicht aufhört, daß es wirklich unendlich ist. Der Orion, so wunderbar, der Orion war ja immer ein Zeichen für mich. Es stimmt ja, liebe Mutter, hinter den Sternen geht es ja weiter, du hast gesehen, was wahr ist. Muß man da nicht wieder unter anderm Schiller zitieren, sein HIER gesehenes Schönes, das DORT als Wahrheit uns entgegentreten wird? DORT: der Platz, an dem wir sehnsüchtig und beruhigt den Vater aufheben, der Platz, auf den wir hoffen und an den wir wollen? Heimwehsüchtig, fernwehkrank, wir reiselustigen, nicht mehr allzulang hier aufgehaltenen Fahrgäste.

Noch berauscht von der Art, wie die Mutter erzählt, kann ich nichts anderes denken den ganzen restlichen Tag. Das Schreiben über die Mutter bringt mich nicht in eine abkühlende Distanz, macht nicht neutral, relativiert nicht meine Empfindung. Es ist meine äußerste, noch verbleibende Anstrengung der Annäherung. Schreiben über die Mutter ist die einzige Möglichkeit, über den Kopf der Mutter weg mit mir selber zurechtzukommen.

In der Sylvesternacht haben die Mutter und die Kinder gemeinsam überlegt, wie es im Jahr zuvor war. Um drei unterschiedliche Erinnerungen zu sortieren, hat die Mutter das Tagebuch vom letzten Jahr und das Tagebuch vom laufenden, jetzt fast abgeschlossenen Jahr geholt, sie hat die Tochter damit beauftragt, unter Sylvester, Neujahr nachzusehen. Danach ließ sie die Tochter ruhig weiter blättern und lesen. Sie empfand das nicht als Indiskretion. Was sie im Tagebuch festhält, ist nichts Geheimes. Es stimmt doch alles. Arglose Mutter, nichts willst du verbergen. Du willst höchstens mal nicht gleich sagen, daß du einen Zahnarzttermin geschwänzt hast, daß dir der Zeitpunkt für irgendeinen Antrag entgangen ist, daß du es versäumt hast, dir für die Doppelfenster im Haus bei den Tanten einen Voranschlag machen zu lassen und zusätzlich, es ist dir wirklich sehr peinlich, hast du schlichtweg vergessen, was der Schwiegersohn dir über eine steuerliche Erleichterung erklärt hat. Die Mutter hat der Tochter unschuldig die Worte aus Hiob 19, 25 gezeigt, die von der Tochter früher schon wie etwas Verbotenes gelesen worden waren, diese depressive Poesie auf der Innenklappe des Tagebuchs, nachgeschrieben in der schönen runden Handschrift der Mutter. Wie ohne Argwohn und auch ohne Verlegenheit die Mutter mich zum Mitwisser macht, zum Gefühlskomplizen hierin! So viel grundsätzliches Vertrauen!

Und wieder weiß ich, was ich ihr unterschlagen habe, unter anderm mit dem unterschlagenen Satz über gemeinsame Ferien für ein paar Tage. Einfach mal so. Ohne großes Abwägen. In diesem Hotel da, ja, wo du es so schön gefunden hast, jetzt mit uns. Mit der vermißten »Männlichkeit« also auch, mit mehr Großzügigkeit, denn da wird nicht nachmittags an einem einzigen Stück Kuchen herumgeteilt, da wird mal der ganze Kalorienkrampf vergessen, und selbstverständlich verbringen wir die Abende hotelmäßig kultiviert und ohne diese ständige Ängstlichkeit wegen der Rechnung im Kaminzimmer, wo du ja sehr gern einen Sherry oder Elsässer Wein trinken wirst.

Wenn ich nicht über dich schreibe, wenn ich auf einem Ruheplatz gelandet bin nach einer gerade überstandenen Denkstrapaze und wohlig in Kopf und Gliedern ermatte und mir trotzdem, wie gegen meinen Willen und auch ohne mein bewußtes Zutun wieder etwas zu dir einfällt, benutze ich eine Angstabwehr. Ich will mich jetzt nicht erneut aufraffen. Ich brauche eine Pause. Aber leider erinnere ich mich daran, wie du in der Neujahrsnacht, nachdem du dich für den unerwarteten Feuerwerksspuk in deiner Straße fast bei uns entschuldigt hast, denn unser Auto war in Gefahr und du hast dir um deinen Schwiegersohn Sorgen gemacht; wie du dann, als wir endlich abfahren konnten, auf der Straße gestanden hast mit dem jungen Nachbarn von gegenüber, der dich noch zu sich und seinen Gästen und Sekt hat einladen wollen. Er ist wahrscheinlich schon ein bißchen angeheitert gewesen. Er hat sein abgebranntes Feuerwerksarrangement zusammengesucht. Du warst von seiner Einladung, die sicher nicht so ernst gemeint war, fast geschmeichelt.

Diese jüngeren Leute in deiner Nachbarschaft passen eigentlich nicht zu dir und deiner gesamten Vorgeschichte. Auch von ihnen wirst du sozusagen mitgelebt, auch durch sie bist du jemand im Passiv. Du lebst lieber ein bißchen zurückgezogen, bleibst aber doch offen für die Vorkommnisse bei den Nachbarn. Wenn jemand krank ist, nimmst du mitleidig Anteil. In ihren Autos nehmen die jungen Hausfrauen dich jederzeit mit, das ist für sie ganz selbstverständlich, sie haben eine einfache hilfsbereite Haltung dir gegenüber, freundlich sind sie gewiß.

Ich weiß nicht, was mir weniger unangenehm ist:

die Vereinnahmung der Mutter durch die Nachbarn als ihresgleichen, nachdem die Nachbarn so mit der Zeit vergessen haben oder den Eindruck einfach vernachlässigen, daß die Mutter eher ein Fremdkörper ist in ihrem viel banaleren Leben. Oder ob mir das unangenehmer ist: die Nachbarn empfinden nach wie vor die Andersartigkeit der Mutter, ihres Alltags, ihrer Vereinsamung, und die Andersartigkeit der Mutter in ihrer Zusammengehörigkeit mit dem zuletzt auch für die Nachbarn deutlich kranken Vater wird zusätzlich als Belastungsmaterial erinnert, und die Nachbarn belächeln diese ganze Exotik, nicht hämisch, ganz gutartig, aber mit einer befremdeten kleinen Verächtlichkeit und ohne Lust und Neugier, auch unbegabt, sich einzufühlen. Ach, aber die wünschenswerte neue Beziehung der Mutter zu anderen Personen müßte erfunden werden, kann nicht einmal gedacht werden. Es gibt diese Art von Personen überhaupt nicht. Die verbliebenen Freunde vom Leben mit dem Vater sind nur mehr eine Hinterlassenschaft des Vaters. Es stellt sich heraus, daß die Mutter sich willentlich zum Anhängsel des Vaters bei allen diesen Freundschaften, Bekanntschaften gemacht hat. Selbständige Kontakte hat sie nie gesucht, sie hat sie nämlich überhaupt nicht gebraucht.

Die Mutter hat zwischen dem jungen Nachbarn und Hausherrn von gegenüber und dem Auto mit den Kindern gestanden. Der Schwiegersohn hat schon hinterm Steuer gesessen. Die Tochter stand noch so da, vorm endgültigen Abschied von der Mutter, sie hat deutlich gemerkt, daß es der Mutter ein stolzes Vergnügen bereitet hätte, wenn die Tochter bereit dazu gewesen wäre, sich den Nachbarn von der Mutter vorstellen zu lassen. Das hätte der Mutter vielleicht ja auch für die zukünftigen Alltage in der Straße irgendwie genützt! Die Mutter hat gesagt: Und das sind meine Kinder. Vergeblich hat sie den Arm in einer Geste des Heranholens ausgestreckt, nach der Tochter, nach dem Schwiegersohn im Auto. Gute Nacht!

Ein Nachbar in der Straße darf sein Auto in der von der Mutter nicht benötigten Garage abstellen, die der Vater — in welcher Hoffnung auf welches wann denn nur noch einmal anzuschaffendes Auto — vor fünf Jahren hat mitbauen lassen. Die Mutter verlangt keine Miete dafür. Aber wie oft halten diese wirklich netten Leute an, wenn sie mich im Auto mit meinen Einkaufstaschen unterwegs treffen und nehmen mich mit. Ich brauchte zum Beispiel der Frau Wicht etwa nur zu sagen, donnerstags wäre es günstig für mich, wenn sie sich mit mir verabredeten und mich jedesmal zum A-Markt mitnähmen, ich meine, die sind alle ungeheuer gefällig, ich brauchte es nur in Anspruch zu nehmen.

Trotzdem stimmen die Relationen nicht zwischen der Mutter und den Nachbarn. Und was geht eigentlich in den vielen kleinen Kindern vor, die zu oft an der Haustür klingeln und was Süßes wollen? Es ist natürlich schön für die Mutter, daß die Kinder überhaupt was von ihr wollen, daß sie Notiz von ihr nehmen in dieser Weise, daß sie nicht die Mutter meiden oder sie wie einen alten gespenstigen Schreck behandeln, aber haben sie die Mutter denn auch richtig gern? Wird die Mutter überall richtig gern gehabt, ohne Beigeschmack von leichtem Verspotten, von Mißachtung?

* * *

Die Mutter ist zurückgekehrt ins Haus. Rasch nimmt sie irgendeine Tätigkeit auf. Sie hat Glück und findet noch ein paar ungebügelte Wäschestücke. Sie muß auch aufs Telephon achten, und weil sie schwerhörig ist, lenkt auch das ab wie eine Tätigkeit; in ungefähr 40 Minuten werden die Kinder ihre gute Ankunft bei sich zu Haus melden. Man wird sich bestätigen, was das für ein schöner Tag geworden ist, damit war kaum zu rechnen, unter diesem heiklen Datum. Die Mutter wird zusichern, daß sie am Abend nicht den Kopf hängen läßt. Nein, garantiert nicht, ich werde nicht traurig sein, seid nur beruhigt. So bin ich doch auch gar nicht. Ich bin ja kein kleines Kind mehr. Es wäre außerdem richtig undankbar.

Oft jetzt fällt der Tochter eine Gefühlsfähigkeit der Mutter auf, früher vielleicht aus Schlamperei übersehen. Früher wirkte die Mutter sozusagen vollziehend, was vom Vater vorgefühlt und voraussensibilisiert war. Das Eigenleben der Mutter hat vielfach noch etwas Tastendes und bestürzt

die Tochter nun. Sie ist wie überrumpelt, ver-
blüfft. Man kann manchmal ganz erlöst über die
Mutter lachen, nachträglich in einer gemeinsamen Sache mit ihr. Man ist richtig benebelt: was
hat sie da jetzt überraschend Mildes gesagt, aber
so beherzt. Früher war der Vater zuständig für
die übergeordneten Sätze. Mit dem Vater war
der Wörterabtausch ehrgeiziger und weniger einfach. Wir haben uns bisweilen angestrengt, mit
zärtlichem Witz und mit großem Vergnügen, um
immer noch eine originellere und wieder neue
Ausdrucksform für unsere Liebe zueinander auf-
zuspüren. Die Mutter aber ist mit der lapidarsten
Aussage am originellsten. Sie läßt alle Rhethorik
weg. Schmucklos, keiner Verstellung fähig und
auch zu keiner aufgelegt, in jedem Augenblick
mit sich selber identisch, spricht sie die Wahrheit
über jeden ihrer Augenblicke aus.
Sie hat es deshalb auch immer noch nicht heraus,
wie man das macht, über eine Verstörung, eine
Verstimmung, eine Niedergeschlagenheit zu
schweigen. Der Vater wollte die Kinder schonen.
Er hat versucht, sie über schlechte Lagen hinweg-
zutäuschen. Es ist ihm nicht gelungen, denn seine
Stimme hat doch alles verraten. Der Alarmruf
hat uns doch erreichen wollen. Lustige Wörter in
einem ganz verarmten Ton: damit war eine Irre-
führung ein Irrtum. Die Mutter will ebenfalls die
Kinder schonen. Doch nur zur Wahrheit und zu
nichts im Geringsten Abgeschwächten ist sie ver-
anlagt. Daher vergißt sie, daß sie gar nicht
immer die Wahrheit sagen möchte. Es tut ihr

anschließend so leid, wenn sie, weil sie selber sehr bekümmert ist, ihre Tochter sehr bekümmert. Genießt euer Leben, sagt sie den Kindern. Es ist ein Standardsatz. Darauf, daß sie diesen Rat fast als Befehl aufs Äußerste ernstnimmt, neidlos und ohne Nebengedanken, ohne eine Spur von Selbstmitleid oder Hoffnung für sich selber, darauf ist Verlaß. Kein Wort zu viel. Keine Verzierungen. Keine Tricks und keine List. Nicht die mindeste Einschränkung. Die Kinder werden nicht unkritisch, aber bedingungslos geliebt.

Die Mutter hat übrigens den Eindruck, sie selber habe, als das noch ging, ihr Leben genossen. Es muß eine Art Leben in den Lebensläufen anderer gewesen sein, eine Mitexistenz, unter der Haut geliebter, sie mitlebender Personen. So ein Leben: jetzt, wenn man dran rüttelt, hat ja doch der Tod des Vaters es an ein kahles Ufer gespült, einfach übriggelassen. Das Leben der Mutter ist das wichtigste Erbstück des Vaters, was reden die Kinder so nutzlos leidenschaftlich herum und ereifern sich ohne wahren Eifer über alte Bilder und Schreibmöbel und Bücher. Das Leben der Mutter in dieser Witwenfortsetzung darf ihr nicht unverwirklicht, ausgeschöpft, überflüssig vorkommen, in keiner Minute als denunziert und zum entscheidenden Fehler entstellt.

Ich bleibe in Seiten stecken, die ich vor ungefähr vier Monaten geschrieben habe. Die Beschreibungen von damals wirken steif, wie unaufgetaut. Wir haben uns miteinander verändert. Über die Dankbarkeit der Mutter, in der die Tochter ihre eigene Schuld erlebt, lese ich, von einer kalten Distanz beklommen: »Die Tochter kann die Mutter jederzeit daran erinnern, daß was Gemeinsames schön war. Sofort bedankt die Mutter sich sehr. Sofort sieht sie den Anlaß ein. Die Erinnerung an den Anlaß kehrt aber unerfüllt wieder. Fast beschämt eilt die Mutter sich mit dem Bedanken für etwas Hohles, Angemahntes: die Tochter wird schon recht haben.«

Die Mutter, die Tochter, die Erfahrungen und die Gefühle, sie sind hier noch in einer bloß mechanischen künstlichen Bewegung. Auf der ersten Seite bin ich doch fast zynisch gewesen vor Angst, ich war lieber verklemmt, verkleistert, vereist als jemand, der sich ausliefert und überfallen läßt, jemand, der empfindet.

Hat die Mutter einen Anlaß? Wie gering ist er jeweils. Der Schwiegersohn hat ihr den Plattenspieler notdürftig repariert. Immerhin kann die Mutter jetzt Schallplatten hören. Auch die Schreibmaschine benutzen. Es war nur ein Handgriff nötig. Hält man aber die geringen Anlässe für gering, so vernachlässigt man schließlich alles. Die kleinen, dauernd fälligen Ausbesserungsarbeiten ergeben den großen Rettungsdienst.

Unsere Zusammengehörigkeit ist eine komplizierte Technik, pausenlos zu überwachen, die Mutter darf gar nicht merken, daß sie funktioniert. Es muß ruhig und unaufwendig zwischen uns sein. Keine großen Lobesgeschichten und Danktiraden, kein Erbarmungstheater.

Doch bilanziert die Tochter unweigerlich alles. Immer weiter, immer wieder, beispielsweise: »Dieses Mal haben die erwachsenen Kinder wahrhaftig einen halben Tag mit der Mutter verbracht. Daß die Tochter ab und zu auf die Uhr gesehen hat, ist ja von der Mutter unbemerkt geblieben. Das Beobachten der ablaufenden Zeit ist auch ein Umstand, der nur mit der gegenstandslosen Angst der Tochter zusammenhängt, er ist insofern keine Gemeinheit.«

Warum vergesse ich es leider später nicht, mich anerkennungssüchtig zu erkundigen: Hörst du auch Platten? Übst du auch auf der Schreibmaschine?

Eine überwältigende Nachricht, eine frohe Botschaft: Die Mutter hat plötzlich eines schönen Nachmittags den Mut gefaßt und angefangen, wieder Klavier zu spielen. Es war natürlich verheerend, was ich alles verlernt habe! Aber ich habe es mir eigentlich doch noch viel schlimmer vorgestellt. Die Mutter wird jetzt regelmäßig üben. Das wird sie nicht. Es ist jedoch fürs erste fast genug, daß sie es vorgehabt hat.

* * *

Heute riskiere ich es und tue, als erkenne ich den wahren Grund für mein unglückliches Bewußtsein von der Mutter und mir. Selbst wenn es glücklich ist, habe ich es doch nur zurechtgemacht, für die miserable Bewußtseinsmaskerade: in der Beziehung von Eltern und Kindern darf sich grundsätzlich am Lebensalter und an den mit ihm verbundenen Lebensäußerungen nichts ändern. Das Erwachsensein eines Kindes ist eine Verkehrtheit. Wer in seiner Kindheit sehr kindlich und völlig aufgehoben war, vergeht sich später als Erwachsener an den Eltern. Was ist bloß aus der bedingungslosen Schutzhaft von damals geworden? Was machen die Eltern mit der leeren Hülse? Das kommt alles auf den Speicher zum gemeinsamen Verstauben mit dem Spielzeug. Die Eltern nehmen das als betrüblich hin, sie stecken diese Gemeinheit ein, sie stellen sich um, aus der Ferne beobachten sie die ihnen noch gestatteten Lebensregungen der Kinder unscharf, sie sind für ein paar gnädig verbesserte Sichtverhältnisse dankbar. Es existiert kein jemals noch ehrlicher, passender, zwischen uns aussöhnender Umgangston mehr. Jetzt sind wir höflich. Keine Fehler machen uns einander erklärlicher und glaubwürdiger, statt dessen zwängen wir uns in Tugenden, durch die wir uns bloß achtungsvoll lieben, wir schätzen uns sehr, wir lieben uns begrifflich und unfreiwillig.

Aus feigem Liebesmangel, aus nackter Liebesangst, habe ich mich vor den unwillkürlichen Empfindungen in Sicherheit gebracht. Für mich versteht sich nichts mehr von selbst. Ich erfahre mein Erwachsensein als schuldige Unzulänglichkeit. Ich benehme mich ja wie ein roher, abgebrühter Vormund der Mutter. Keine Haltung gegenüber den von Kindern kindlich zu Ende benutzten Eltern überzeugt mich. Mit jeder neu anprobierten Haltung verrate ich die Kindheit.

Mit den paar erwachsenen Haltungen und den verworrenen Empfindungen ist keine Übereinkunft zu finden. Diese vergangenen Eltern! Da laufen sie ja noch herum. Auf Eltern muß man bedingungslos angewiesen sein: vorbei. Erinnerungswerte aus Porzellan, zerbrechliches, liebes, von vielen Teeablagerungen angebräuntes Zeug, sie stehen in meiner Vitrine. An Sonn- und Feiertagen werden sie zärtlich benutzt, falls ich es nicht vergesse. Welche Trauer und welche glücklose einfallslose Sehnsucht, weil ich zum Beispiel eine Geborgenheit von jetzt nicht mehr diesen kindheitsgeschichtlichen Leuten von damals verdanke! Nur mehr Andenken ziehe ich von ihnen ab. Die Gegenwart ist funktionslos.

Wieder sehe ich die Mutter auf der nächtlichen Straße vor ihrem Haus und ihre vergebliche Bewegung, mit der sie mich zum Nachbarn heranziehen wollte, damit sie mich dem Nachbarn vorstellen könnte, um einen kleinen Einklang zwischen ihrem gegenwärtigen Alltag und meiner weiten Entfernung herzustellen. Ich habe mich nicht erreichen lassen! Die Geste meiner Mutter ist in der Jahreswechselluft hängengeblieben.

Es wird gut sein, wenn ich einen handfesten Egoismus vortäusche und die Mutter fast unverschämt um irgendwas eigentlich zu Wertvolles angehe: Wie ists mit dieser Werkausgabe? Ich hätte ein Interesse. Dieses Renaissancemöbel, ich bin ganz schön scharf darauf. Die Mutter in einen reellen Gebrauch nehmen. Unter anderm auch diesen Nutzen so ausarten lassen, daß die Mutter einen Widerstand aufbringen kann. Als eine Person, von der man profitieren will, wird sie sich beschützt fühlen, sie wird sich als diese allerwichtigste Person wiedererkennen können, die sie als die Mutter von richtigen Kindern gewesen ist. Ich habe aber für die tägliche Zukunft nicht ausreichend Einfälle, um mit irgendwelchen selbstsüchtigen Anschlägen auf die Mutter die wunschlose Öde dicht genug zu bepflanzen. Eigentlich brauche ich nichts. Ich will nichts weiter von ihr. Eigentlich will ich meine schreckliche Ruhe.

Die andere Möglichkeit, sich als altgewordenes Kind verständlich zu verhalten, widersteht mir auch: wir degenerieren in einen Rollentausch. Wenn ich mich selber als Schutz- und Geborgenheitsspender dann ja doch nur aufspiele, spiele ich mich nicht pausenlos genug auf, bestenfalls als Halbtagskraft. Ich mache die Sorge nicht zu meiner Sache, sie wird dir als meine Nebenbeschäftigung spürbar. Ich lasse dich schon nicht ganz aus den Augen. Ich frage nach, sporadisch. Ich willige ein und übe aus, halbherzig. Du kriegst schon zu fühlen, daß ich jeweils ein Opfer bringe. Ach: schnell verscheuchst du diesen Eindruck und wirfst ihn dir sogar bitterlich vor! Du merkst es nicht, daß ich eine triefende Dankbarkeitstirade von dir fordere. Du bist ja blind für den Tribut, den ich von dir erhebe. Ich verankere eine untilgbare Schuld in der Mutter. Unsere Zusammengehörigkeit lernt sie jetzt als miese

Pflicht kennen. Ich zwinge sie in die Knie vor mir, sie soll auf allen Vieren und winselnd angekrochen kommen, he Mutter, was ist denn los, hast du nicht bedacht, daß jetzt mein Leben dran ist?

Nichts derart Abscheuliches bekommt die Mutter mit. Doch ab und zu ist ihr durchaus nicht ganz behaglich. Was sie stört, weiß sie nicht. Es ist so ein herablassender Kindergartenton aufgekommen, von mir zu dir, Mutter. Meine Versprechungen, ja ahnst du das denn wirklich nicht, können zwar wahrgemacht werden, aber nie ausgefüllt sein. Hinter meinen Gesten steckt nichts. In meiner Obhutsrolle, in der ich andere Gleichaltrige beim Gelingen beobachte, geht erst recht alles schief, sind erst recht die Selbstverständlichkeiten verloren, ist erst recht jede natürliche Haltung einstudiert, eine falsche Bewegung genügt, und das ganze papierene Gebilde, unsere Verbindung, liegt zerstört auf einem Bühnenboden zwischen unseren billigen aufgemotzten eingestürzten Dekorationen. Ein schlechtes Stück, eine schlechte fahrige Probenarbeit, nur bewußtlos deklamatorische Dialoge, eine ungeschickte Maske, ein Provinzlaientheater mit nicht einmal durchdachtem Ehrgeiz.

Unsere Beziehung ist eine beendete Beziehung. Denn auch so eine gleichmacherische Frau-zu-Frau-Beziehung, die mir bei anderen auffällt, glückt nicht zwischen uns. Unsere biologischen Gemeinsamkeiten, daß wir so verdammt ähnlich organisiert sind, unser über uns verhängtes biochemisches Komplott – diese schändliche natürliche gemeinsame Sache, kommt mir wie ein unanständiger Witz vor. Ich darf überhaupt nicht dran denken, daß du diese ganzen inneren Organe hast. Meine Eltern sind eigentlich keine Lebewesen für mich. Eigentlich, liebe Mutter, bist du wirklich nichts Leibhaftiges, so aus Fleisch und Blut. Du bist kein landläufiges anatomisches Monster, in das die üblichen Innereien reingestopft sind. Damit verschone ich dich, mir auszumalen, daß du wie du und ich bist und ein naturwissenschaftlich ausreichend erklärtes Machwerk bist und komm mir deshalb lieber nicht mit Bauchweh, Herzjagen, Diarrhoe und Blasenkatarrh, denn ich kann deine körperlichen Hinfälligkeiten höchstens äußerlich durchspielen wie bei einer großen lieben alten Puppe. Als Kind hat über kein denkbares Ereignis meine Wut und meine Verzweiflung größer sein können als über eine körperliche Schwäche bei dir, liebe Mutter, ich war vor Entsetzen fassungslos und bösartig empört, wenn du dich dieser Naturkatastrophe, deinem plötzlich anfälligen Körper, gebeugt hast, wenn du es gewagt hast, dich ins Bett zu legen, mit einem Schmerz, einem Husten, einem Fieber hast du dich mir entzogen, ich habe dir nicht in diese ganzen schleimigen blutrünstigen Geheimniskrämereien folgen wollen. Als dich ein Fußball am Kopf traf, war es aus für mich mit einer unschuldigen Welt: ich sah dich ja zum ersten Mal von außen angegriffen und in Tränen über ein schwarzes böses

Wunder, und von da an ist eine neue Störung immer nur folgerichtig gewesen.

Heute lache ich dich aus und rüge dich sogar, weil du mit deiner Verlegenheit vor Ärzten lieber Beschwerden aushältst als die gründliche Untersuchung. Das ist doch geradezu borniert, einem Arzt gegenüber findet man doch nichts peinlich, man findet peinlich, daß ein Arzt nichts für peinlich hält, er redet daher, im miesen Geist des Gesundheitsbrockhaus', er redet von unseren physischen Abläufen, als gingen die ihn was an und als seien sie so ekelhaft, daß er sie ausweichend benennen muß und damit beleidigt er uns. Ein Arzt läßt dich spüren, daß deine biologischen Anordnungen ihm hinlänglich bekannt sind, und er schmeißt dich kumpelhaft mit seinen übrigen Patienten in einen Topf. Darmträgheit! Er müßte jede Auskunft darüber verweigern. Herz, Lunge, Kreislauf: er tut ja wahrhaftig so, als existierten sie überhaupt! Daß du ein weitgehend unappetitlicher Sachverhalt bist, offenbart dir die Umschreibungsprosa der schlechten Worterfindungen, mit der dich der Arzt erst so richtig verwirrt. Dein WC ist doch nun wirklich kein STUHL, und wie abstoßend, wie obszön muß ein Arzt das menschliche Exkrement finden, wenn er es als ein Möbelstück ausgibt. Wie prüde, verlogen, viktorianisch: der Bursche ist ja hundertmal schamhafter als du es bist. Das Wort WASSER wagt er auszusprechen und falsch anzuwenden, denn das Wort URIN ist ihm wirklich allzu anstößig, das bringt er ungern über die Lippen, davor hat er einen unüberwindlichen Ekel, den er dir vermacht, mit dem er dich zur Schnecke macht: ab sofort mußt du dich vor dir, du Tabu und Unanständigkeit, noch viel mehr genieren. Ja, du ahnst schon, daß du recht hast, daß du ihn weiß Gott nicht bitten kannst, dich unter den Kleidern zu durchsuchen. Verschweig ihm besser deine dich ängstigenden Extrasystolen: er müßte dich ja sonst auffordern, den Oberkörper freizumachen. Du hast ja recht! Du hast ja keinen Oberkörper, hast keinen zu haben. Keinen, den man medizinisch auffassen kann. Keinen, für den jetzt, nach dem Tod des einzigen richtigen Vertrauten, noch irgendwer eine Zuständigkeit, ein Erbarmen aufbringt. Schon wenn ich deine Haut anschaue am Hals und sie mir den Hals runter weiterdenke auf dem Jochbein und tiefer runter, peinlich, gepeinigt, zu nah deiner Vergänglichkeit, komme ich mir wie bei einem Verstoß vor und ich kann nicht mehr schlucken vor Mitleid und vor Beschämung über meine Indiskretion.

Unsere Kommunikation, sieh das ein, bleibt am besten ein schönes bräunlichverfärbtes Photo aus der schönen, im Gedächtnis ermatteten Vorzeit, in der wir noch keine Wahrheit zur Pose umfrisieren mußten. Da konnten wir noch ohne Verkrampfungen und Lippenerstarrungen, unkontrolliert von unseren Köpfen, miteinander umgehen. In den gläsernen Schaukästen dieses prähistorischen Museums haben wir es gemütlich. Aus unserer Vorzeit ist ohne Anstrengung beinah nichts in die gemeinsame Fortsetzung unseres

Älterwerdens zu überführen, und die Fortsetzung ist nicht gemeinsam genug. Sie ist schlichtweg nicht mehr synchron. Wir machen einander die verkehrten Sorgen. Wir retten jeweils nur eine Marginalie zu einem besänftigten Datum von früher. Warum quälen wir uns bloß immer weiter mit den Nachahmungen und den Rollenvertauschungen ab, warum verfilzen wir uns in der Vergeblichkeit, verrenkt vor Angst. Vollstrecken wir ihn doch, den Umzug in das herzlich geliebte, dicke alte Album.

* * *

Tatsächlich, du mußt zum Friseur. Du kannst nicht mehr länger warten, du brauchst plötzlich eine Pflege, eine Kur, eine Behandlung, gut daß es den Vorwand HAAR gibt, er wird dir nicht mal als Vorwand auffällig. Du brauchst jetzt Zuwendung.
Obwohl du immer ein bißchen Angst hast gerade auch vorm Friseur, ist der Friseur ein guter Einfall. Eine elende menschliche Wärme dort im kleinen, affigen Salon, deinem Haarstudio. Von diesen Gerüchen wird dir garantiert wieder leicht übel. Aber die ungesunde Benebelung in dieser Creme- und Sprayluft macht dich ziemlich angenehm schläfrig. Die junge Friseuse lächelt keineswegs ausschließlich professionell. Sie akzeptiert dich auch, denn dein Haar hats augenscheinlich nötig. Du fühlst dich nicht mehr so verrottet. Du wirst zwar argwöhnisch bestaunt, denn so weit hättest du es nicht kommen lassen dürfen mit dei-

nem einwandfrei gepflegten Haar, alle zwei Tage
solltest du dich schon dem Friseur anvertrauen,
aber diese Kritik an dir hat was wohlig Geheim-
niskrämerisches. Wahrscheinlich hätte die Friseuse sich wortlos diskret an die Arbeit mit dir
gemacht, aber du mußtest dich ja bei ihr anbie-
dern und dein Haar bei ihr denunzieren. Es ist
schließlich nur nett von ihr, geradezu kamerad-
schaftlich, daß sie dir augenblicklich recht gibt.
Im Kamm hält sie ein Bündel deiner Haare hoch,
sie blickt parallel zu dir in den Spiegel und auf
diesen traurigen Befund, dein Haarbündel in
ihrem versierten und Besseres gewöhnten Kamm,
sie sagt: Wenn es ja nicht so dünn wäre, wenn es
ja nicht so glatt wäre, dann gings ja noch.
Sieht sie nicht beinah angeekelt aus? Dich stört
nun die Gehorsamkeit deiner betrübten Augen,
dein Wille ist geschwächt, du bist bald gänzlich
unterdrückt, du mußt den Widersinn bestätigen:
dein völlig nutzloses Haar. Es fehlt dir einfach
die Kraft, dich aufzulehnen, und, indem du
widersprichst, aus dieser Absurdität herauszu-
kommen, einfach die Wahrheit zu sagen: dieses
Haar ist fast völlig in Ordnung. Es ist vor
kurzem gewaschen worden. Es ist ungefährdet
durch Schuppen, Sprödigkeiten, Wurzelerkran-
kungen, organische oder psychische Störungen.
Zugeben ließe sich, daß mein frisierender
Umgang nicht besonders geschickt ist. Ich tou-
piere nichts oder mache sonst was Vortäuschen-
des. Sogar eine Dauerwelle ist aber drin. Mit
meinen Haaren hatte ich eigentlich mein Lebtag

keinen Kummer. Es ist sogar fast dicht, wieder geworden, seit ich es vor sechs Jahren habe abschneiden lassen, ja bittesehr, ich entschloß mich so spät noch in meinem Lebenslauf zu einer kurzen moderneren Frisur, was wollen Sie? Ich hätte demnach heute eigentlich nicht den Salon Ihrer Chefin aufsuchen müssen, dieses pappige parfümierte pseudomondäne rosige Lügenkabinettchen, diese auf große Welt getrimmte Vororttragödie und Schmiere. Und doch war es kein reiner Luxus, daß ich gekommen bin, denn ich habe Ihre Solidarität gesucht. Bitte, stehen Sie mir sofort bei. Ich werde willig die Tortur des Haarwaschens mit dem nach hinten verrenkten Hals ertragen, im Gefühl Ihrer Zuwendung.

Die Mutter kann nicht schlucken. Sie sitzt nach rückwärts verbogen im Bedienungsstuhl, in den Nacken schneidet das fahrbare Waschbecken. In dieser Haltung ist der Oberkörper wie mit Blei vollgegossen. Die Verbindung zum Hals ist gedrosselt. Ich bekomme keine Luft mehr! Jeder in der letzten Sekunde vor dem Erstickungstod schließlich doch gelingende und diesem Mordversuch abgeluchste Atemzug ist ein Wunder, ist wider die Natur. Erschreckt Sie denn gar nicht mein in Krämpfen verzerrtes Gesicht? Lahm und gleichmäßig reibt die Friseuse auf der Kopfhaut herum, vermutlich mitten in einem Verständigungslächeln, das sie im Hohn gegen mich mit einer Kollegin verbündet. Die Kollegin hat das Zusammenkehren von Haaren unterbrochen, eigens um dieses Schauspiel mitzukriegen. Ein

Anfall des GRAND MAL, man sieht das nicht alle Tage.

Daß man zeitweise nicht mehr leben will, hat doch gar nichts mit dem Todesschrecken in so einem Moment zu tun. In so einem Moment will man mit dem radikalsten Nachdruck und mit einem verächtlichen Zorn auf alles transzendentale Getue leben, nichts sonst, nicht mehr und nicht weniger. Nur bei normalem Wohlbefinden, wenn man ruhig denken und fühlen kann, geht es, daß man sterben will. Ich kann jetzt kein Heimweh nach dem Tod und seinen Familienzusammenführungen in mir stark machen. In dieser Hölle verdirbt meine vernünftige Sehnsucht nach dem Himmel. WIR HABEN HIER KEINE BLEIBENDE STATT gilt nicht für den Frisiersalon.

Die Friseuse bringt meiner am Leben gebliebenen Mutter eine bräunlich eingeheftete Illustrierte, aber die Mutter winkt ab. Hat es sich denn der Friseuse von den vorhergegangenen Aufenthalten dieser Kundin nicht eingeprägt, daß diese Kundin Bücher liest, die sie selber mitbringt? Diese Friseuse beeindruckt rein gar nichts. Im Extremfall erinnert sie sich lustlos an ein paar spezifische Haarprobleme, die sie selber in die Welt des Haarstudios gerufen hat, über das widerstrebende, staunende Entsetzen der Kundin hinweg, ohne Passion. Was für gelenkte Vollstrecker, diese Friseusen, immer narkotisiert vom Klima der kosmetischen Anwendungen.

Meine Mutter hat Katherine Mansfield mitgebracht, kann sein, daß sie jetzt auch Goethes

Spaziergänge durch Zürich aufschlägt – in jedem Fall hat sie ganz ehrlich in einem angefangenen Buch weitergelesen und wohl nur halbbewußt ein bißchen Eindruck schinden wollen bei dem Friseurmädchen. War nicht auch das Mitbringen eines Buchs, die Ablehnung von Illustrierten, schon einmal der Auslöser einer Unterhaltung? Es hat sich allerdings um eine Unterhaltung in zwei Fremdsprachen gehandelt. Jeder quantitative Fortschritt im Dialog ist ein qualitativer Rückschritt gewesen. Mit immer mehr Vokabeln war immer weniger eine Bedeutung zu erraten. Ja wenn ein Roman kein ARZTROMAN ist. Wir sind nicht mehr nur zwei Ausländer, abstammend von einander weitentfernten Längen- und Breitengraden, wir sind andersartige Lebewesen, der Herkunft unserer Gefühle nach fast unvereinbar. Unsere Denksysteme sind von Ozeanen und Kontinenten getrennt: meine Mutter versucht, der Friseuse zu erklären, wie sie nach der Behandlung gern aussehen möchte. Mit Wörtern und Gebärden scheitert sie. Sie lächelt schuldbewußt. Sie spürt, daß sie sich lächerlich macht. Gemeinsam mit der Friseuse betrachtet sie einige Bilderbücher mit weiblichen Köpfen, worauf diejenigen Frisuren plaziert sind, zu denen die Friseuse jeder Kundin verhelfen kann, also auch dieser, der Mutter. Sie müßte nur erheblich seriöser schönheitsbewußt sein. Der Mutter gefällt keine dieser Frisuren. Ist die Friseuse beleidigt? Nicht das, nicht einmal so viel Zuwendung. So weit läßt sie sich doch nicht ein. Die Friseuse ist gelangweilt und denkt sich ihr Teil, bleibt aber höflich. Unterdrückt sie ein Gähnen? Es ist leider nicht mein Geschmack, sagt meine Mutter, es ist nichts dabei für mich.

Ja, ihre eigene Person kommt ihr jetzt als Einfall. Ich werde wohl selbst dran schuld sein, sagt sie eilig, fast erleichtert, sie will die Friseuse zurückgewinnen. Alle Abbildungen unter dem Titel VORHER gefallen ihr besser. Auf den Photos mit dem Titel NACH UNSERER BEHANDLUNG sind nicht nur die Haare in Kunstformen erstarrt, auch den Gesichtern, nun sämtlich lächelnd, ist eine Willensfreiheit wie weggeglättet.

Die Mutter beteuert: Mein Geschmack ist wahrscheinlich ein bißchen merkwürdig. Ich bin sicher ein bißchen komisch. Sie müssen entschuldigen. Das macht ja nichts, sagt die Friseuse. Die Bilderbücher mit den möglichen, erlaubten, herstellbaren Frisuren werden zum Glück jetzt von einer üblichen Kundin gebraucht, also von einer reifen, aufgeklärten Persönlichkeit, die den Friseurbetrieb ernst nimmt und sich erwachsen, systemimmanent zu ihm verhält, weshalb der Friseurbetrieb auch gut und höflich und dienstbereit im Sinn einer Verschwörung zu ihr ist. Die Mutter zupft sinnlos erklärend an ihren Haaren und ist längst nur noch geduldet.

Damit der Besuch beim Friseur im Rückblick doch noch als Erfolg verbucht werden kann, damit der übrige Tag nicht unter dem Eindruck dieser ganzen Demütigungen verkommt, gibt meine Mutter für den Rest der Behandlung sämt-

liche Widerstandsleistungen auf, bleibt aber ver-
höhnt. Sie verzichtet freiwillig aufs Lesen und
reicht Lockenwickler und Clips von einem haari-
gen kleinen Tablett auf ihrem Schoß in die Richtung der gleichmäßig hantierenden Friseuse, die
ohne Zaudern und Bedenken die nassen, nichti-
gen Strähnenbündel rollt und fesselt. Wahrscheinlich hat sie das Ergebnis, den künftigen
Anblick, längst vor Augen, mit tödlicher Sicherheit, mit tödlicher Langweile, das wird nichts,
was einen vom Stuhl reißen könnte.

Die Mutter empfindet ihr Gesicht allmählich
nicht mehr so erbarmungswürdig als nackte Tat-
sache, seit es immer höher und breiter grotesk
zuwächst zwischen den Lockenwickeln. Auch an
den blumigen Plastikumhang hat sie sich
gewöhnt. Sie protestiert nicht gegen die Hitze
unter der Trockenhaube. Ihre Kopfhaut ver-
brennt, ihre Ohrläppchen versengen. Das ist alles
besser als eine endgültige Abkehr der Friseuse
von ihr, die auch anschließend deshalb nicht ihr
Selbst verteidigt: jetzt wird frisiert, und eine
gewalttätige Verkehrtheit ist jeder der betulichen
unerschütterlichen Handgriffe der Friseuse. Weil
meine Mutter sogar am Schluß nicht eingreift, als
die Friseuse in trancehafter Ausdauer auf und ab
und rings um den verfälschten Kopf einen Fixier-
nebel sprüht, wird das ein Zustand für länger.

Gedrechselt und verklebt und wie von einer
fremden Person erscheint auch der Hinterkopf,
dessen Abbild die Friseuse jetzt antriebsschwach
im Rückspiegel vorweist. Die Mutter täuscht die

für diesmal letzte Bejahung vor. Sie lobt sogar. Sie kann wahrhaftig noch lächeln. In ihrer Verzweiflung verhaspelt sie sich mit Münzen und es entsteht ein überhöhtes Trinkgeld. Absurd verspäteter Bestechungsversuch! Man hilft ihr in den Mantel. Sie ist so erhitzt, in Schönheit, Schimpf und Schande entlassen. Mit auf die Straße trägt sie den süßlichen Geruch. Sie sehen aber gut aus, sagt jemand. Es scheint, als gehöre sie etwas mehr dazu.

* * *

Und das gibt es doch, hat es gegeben: alles ist einfach gut zwischen uns. Ein ruhiger Rausch. Ich selber bin für mich selber kaum noch vorhanden: wir machen einen Spaziergang an einem Ausflugsort, wir befinden uns in einer wie wir geduldigen Spätsommerlandschaft mit Waldgruppen. Wir gehen in einer altertümlichen Allee. Der Durchzug einer Schafherde macht die Gegend plastischer und hügliger. Aber das ist schon zu viel Wahrnehmung, denn ich bin für mich kaum vorhanden. Es ist die Mutter, die hier wahrnimmt. Leidenschaftlich freiwillig verzichte ich auf die Bäume.
Es ist meine Mutter, die hier empfindet. Ich selber schenke meine Eindrücke weg, ja leidenschaftlich freiwillig. Zu vorsichtig fast zum Atmen, liebendgern, unheimlich versessen drauf, daß es so bleibt wie jetzt: ich bin ein Bestandteil vom Glücksbewußtsein der Mutter. Ich bin eine Schwingung in ihr. Ich bin eine Idee, ich sage

möglichst wenig, damit ich nicht ins Gewicht falle. Glücklich fühle ich, wie mir mein privates Glück entgeht, glücklich entfernt sich mein persönliches Entzücken: dieses Gebüsch dort ist ein Auschnitt im Blickfeld der Mutter.

Und die Mutter hat im Anschluß an diesen gelungenen Ausflug sogar eine Art von dankbarer Verpflichtung gespürt und mit einem zärtlichen Gedichtbrief für die Kinder diesen Nachmittag festgehalten. Das war nicht das übliche geduckte Bedanken. Zur Melodie eines Lieds vom SCHÖNEN SEPTEMBER hat sie Reime auf diesen Ausflug mit den Kindern und den kleinen gemeinsamen Erlebnissen erfunden. Damit hat sie mir diesen ganzen Tag erfunden: kopflos vor Zufriedenheit. Schwindelerregend versöhnlich. Haarsträubend gerührt. Meine Anerkennungssucht ist ja nicht nur eine Schwäche, habe ich mir gesagt, mein Fanatismus der Bestätigungen ist auch der Fanatismus, zwischendurch doch wenigstens mal ganz genau zu erfahren, wie eigentlich die Mutter mit einem Gefühl auf mich, auf uns, reagiert, und wie stark denn; wie verarbeitet sie ein gemeinsames Essen, eine Unterhaltung hierüber, darüber, was geht denn eigentlich in ihr vor? Ist es viel, ist es genug? Was kann ich tun? Ach, einfach mehr, immer mehr.

Auch meine Mutter ist im Rollentausch, der sie zum Pflegling degradiert, verlegen, und unsicher fühlt sie sich nicht sehr wohl. Es steht ihr gar nicht, wenn sie manchmal darin übertreibt, sich gehen läßt und infantilisiert. Fast tut man ihr den größten Gefallen nicht mit einem Gefallen, sondern wenn man etwas von ihr will. Bereden, wie können wir uns das ermöglichen, und die Mutter ist sofort stimuliert: Ich habe ja viel zu viele Sessel, Tische, Bücher sowieso, was braucht ihr, soll ich euch nicht noch ein paar Flaschen Chablis aus diesem günstigen Sonderangebot besorgen, hier, in meinem Vorortsupermarkt, hier bekomme ich übrigens auch diese Käsesorte, die euch neulich so gut geschmeckt hat. Am schönsten weckt ein Spezialwunsch vom Schwiegersohn sie auf.

* * *

Vor vier Monaten habe ich über unsere Besuche bei der Mutter diese frostigen Abstandsnotizen gemacht: »Drei Stunden verbrachten die Kinder mit der Mutter. Das ist viel innerhalb der Verhältnisse zwischen ihnen. Es sind ungewöhnlich enge und überhaupt nicht kühle, nicht lockere Verhältnisse zwischen ihnen, aber man kann sich nicht sehr oft sehen. Die Kinder sind berufstätig und nie unbeschäftigt. Ja, wirklich nie. Niemals könnten sie einen damit überraschen, daß sie von sich aus bekanntgäben: Wir haben gar nichts vor, wie wärs denn, wollen wir uns nicht treffen? Alles mit den Kindern ist jeweils von längerer Hand vorbereitet. Oder man muß die Kinder schon selbst fragen, wobei man sich etwas unverfroren vorkommt: Wäre es denkbar, daß ihr euch heut mal opfert und, falls ihr nur einigermaßen Zeit erübrigen könntet, wäre es vorstellbar, daß wir uns sähen?«

So demütig fragt die Mutter aber gar nicht. Der Tochter gibt es einen kleinen Stich, über den sie entsetzt ist, wenn sie die fragende Mutter fast ein bißchen zu unbekümmert findet: Könnt ihr nicht morgen nachmittag mal mit mir in der Stadt zusammenkommen, könnt ihr mir auf dem Weg zu mir so ein Merkbuch besorgen, wie ichs für meine täglichen Eintragungen benutze, wärs möglich, daß ihr mir auf dem Weg einen umgeänderten Mantel aus der Schneiderei abholt?

Über den kleinen Stich muß die Tochter nachdenken. Vielleicht ist der innere Einwand gegen die Mutter, den die Tochter von Zeit zu Zeit in sich macht, der Wahrhaftigkeit ihrer Beziehung nützlich. Es ist ein Unrecht, es ist hauptsächlich ein Ausdruck der Gleichgültigkeit, wenn ich einfach nur abgeklärt in falschem Frieden über die Mutter dächte, über sie weg. Ich kann doch, wenn ich mich ernsthaft auf sie einlasse, nicht blindlings alles schön und gut finden. Herr Goethe kann mir immer einen nützlichen Wink geben. In Gesellschaft mit Wilhelm Schlegel, dem Bildhauer Tieck, Riemer und H. E. Robinson, und beim Reden über Orientalisches, das Goethe nicht leiden konnte, hat er zu Schlegel gesagt: »Mir ists lieb, daß etwas da ist, das ich hasse. Man läuft sonst Gefahr, in stumpfsinniger Weise jegliches Ding an seiner Stelle für gut zu erklären, und dabei würde doch alles wahre Gefühl aufhören.« Wie durch einen freundschaftlichen Gruß beruhigt, habe ich zwischen Fehlern und

Tugenden einen Frieden geschlossen, vorübergehend. Wenn mir mein schlechtes Gewissen zur Angewohnheit wird, überschätze ich mein moralisches Selbst. So ist das also. Du hypochondrischer Mensch du. Du nützt keinem.

Es fällt der Mutter doch gelegentlich auf, daß sie völlig allein ist. Was in den letzten Lebensjahren so völlig allein gelernt werden muß, wird am mühsamsten gelernt. Es fehlt jede Begeisterung für den Lehrstoff. Er vermittelt keine Freude, keinen Ehrgeiz. Die Fortschritte haben kaum Verlockungswert, sie sind die bittere Notwendigkeit. Wie Gehen, Sitzen, Stehen, Greifen und auch wie die ersten Wörter, mit dem gleichen Schwierigkeitsgrad, muß die Mutter jede Äußerung ihres Alleinseins lernen, und die Neugier, die das Kind anregt, entfällt ganz.

Die Mutter hält sich meistens aber nicht für so völlig allein, wie sie es inmitten der Verwandtschaft ist. Zum Argwohn den Kindern gegenüber ist sie nicht imstande, sie wäre auch zu ihm nicht verführbar. »Als Gnadenakte deutet sie es daher nicht, wohl als Zeitopfer, wenn die Kinder sich von ihr beanspruchen lassen. Es kommt ja auch nicht oft vor und niemals dauert es lang. Der halbe gemeinsame Tag war wirklich eine Ausnahme.« Sie ist nicht verdreht, innerhalb der Familie ist ihr Selbstbewußtsein gut ausgebildet, aber in jeglicher Außenwelt endet es. Sogar einem kleinen Mädchen aus der Nachbarschaft tritt sie scheu entgegen. Ich habe sie an ihrer Haustür beobachtet. Sie selber war das kleine

Mädchen, sie war es, die schüchtern und unsicher geredet hat, sie sah verlegen aus, das kleine Mädchen überhaupt nicht.

* * *

Wenn ich Reisen machen muß, ist meine Unruhe über die Mutter fast auch eine Ruhe. Ehe ich jeweils aus einem Hotelzimmer, aus einem Bahnhofsrestaurant beim Umsteigen, der Mutter geschrieben habe, so abgejagt ichs auch tue und so wenig Geduld ich auch habe für meine Schrift auf den Ansichtskarten, ehe ich geschrieben habe, bin ich unbefriedigt in einem Gefühl, daß etwas unfertig ist, wie mit dem Gepäck, als fehle was, oder als habe ich die Rückfahrkarte noch nicht gelöst, als hätte ich mir die Hände noch nicht gewaschen. Der kleine oder der größere Gruß von unterwegs, auch tagsüber zwischendurch, ist wie eine fällige Sauberkeits- und Ordnungsmaßnahme. Vor den Karten und Briefen lebe ich in verkrampften Überanstrengungen, in blödem Kauderwelsch, in einem Ansturm und Unwetter von Sinnlosigkeiten.
Die erste Postsache an die Mutter macht mich freier. Ich bin erleichtert wie bei der Entscheidung für einen noch früheren Zug in Richtung auf die nächste Station, egal ist mir der längere Aufenthalt beim Umsteigen. Diese so gegen eine andere eingetauschte Sinnlosigkeit ist mir recht. Liebe Mutter, es geht dir doch hoffentlich gut? Jetzt berichten, wie es mir geht, wie die Leute sind, die Hotelzimmer, das Wetter, die Ein-

drücke auf der Strecke. Ist dir denn nicht klar, daß der Tod unser aller wichtigstes Zukunftsprojekt sein muß? Ich zum Beispiel, sieh mich an, ich lebe doch auch vom Tod her, man muß das Leben vom Tod her definieren.

Oh, daß mir nur solche ungeheuerlichen, unverschämten, liebevollsten Sätze nicht dazwischenfahren! Daß ich nur ja bei den einfachen Mitteilungen bleibe: Jeder Hotelkaffee ist wie eh und je eine Beleidigung und ein Betrugsdelikt. Hinter jedem gemischten Salat steckt wie immer und überall ein verbrecherischer Anschlag und geheimer Mordplan. Wie kindisch und mir verleidet werden Männer und wie endgültig klar über meinen Haß werde ich mir bei Frauen, wenn sie meine Gauloise-Packungen sehen und unweigerlich über ihre eigenen blöden Zigarettensorten verzweifeln und mich anschnorren, verzückt und gierig und geheimbündlerisch fasziniert, und dann saugen sie in einer Straftat mir meinen Tabak weg, als wäre ein Hauch von krimineller Verderbtheit dran, als rauchten sie Haschisch. Meine Zimmerreservierung ist eine Heimzahlung. Das Hotelpersonal ist ein Verbrechersyndikat. Verkehrslärm mit Tötungsabsicht. Alles weder thematisch noch stilistisch was für die Mutter. Meine Mutter erzählt: Denk nur, ich habe mir eine Wollmütze gekauft. Dann fand ich sehr teure Schuhe so schön, und ich hatte aber nicht genug Geld bei mir, ich brauche ja Schuhe, also fragte ich, ob ich mit einem Scheck bezahlen könnte, stell dir vor: ich und mit einem Scheck bezahlen.

Wie du siehst, ich mache Fortschritte, was meinst du, ich lerns doch noch so allmählich. Und der Herr Ludwig war sehr freundlich zu mir. Das ist der Inhaber. Als ich nach Haus kam, war ich aber derartig müde! Es sind doch richtige Ausflüge, wenn ich mal in die Stadt komme. Und wie viel Geld man jedesmal los wird!

Erst meine Stimme macht die Mutter dann fast verlegen, erst nachdem ich mich dazu geäußert habe, verwirrt sie die vorher nicht geahnte Waghalsigkeit: sie hat doch wahrhaftig Reisepläne! Sie überlegt doch tatsächlich, ob sie sich zu einem Theaterabonnement entschließen soll. Wenn sie gar uns in ihre Vorhaben einbezieht, werde ich so streng, daß sie sich schämen muß. Verscheucht ist damit die Erinnerung an meine Hinweise auf Witwen mit mehr Lebensmut. Ihr gerade eben vorsichtig vergnügt abgestatteter Bericht über einen Keimling von Lebensmut ist ja bei mir ziemlich schlecht angekommen. Das merkt sie, und sie ist bedrückt und kennt sich nicht mehr aus, denn mich trifft kein Vorwurf, mir mißtraut sie nicht, sie kennt sich nicht mehr aus, weil sie den Adressaten verfehlt und sich selber mißtraut. Man hält ihr doch aber immer mal wieder vor, wie andere Witwen leben. Das empfiehlt sich doch immer dann, wenn eine trübe Gestimmtheit der Mutter auf die ihr nahestehenden Personen überzugreifen droht. Schau dir doch nur einmal diese um Jahre jüngere Witwe aus meinem Freundeskreis an. Wie entschlußkräftig sie ist, wie aktiv, und das Andenken ihres toten Mannes pflegt sie dennoch weiter, sie hat es doch wirklich nicht leicht, in diesem Alter lebt es sich auch nicht so einfach über einen Verlust hinweg, denk doch das nicht.

Meine Mutter denkt doch das überhaupt nicht. Und dann diese Juristenwitwe, im gleichen Alter wie du, ungefähr, Spezialgebiet Reisen. Sie kommt fabelhaft über die Runden.

Monatlich einmal treffen sich die Kollegen im Ruhestand mit ihren Frauen im Parkrestaurant Stifter. Auch die Witwen sind dazu eingeladen. Über die reiselustige Juristenwitwe ist die Mutter verwundert. Wie die redet, wie die lacht! Alles so aus dem Vollen. Sie hält kleine Vorträge, Thema: das Land, die Stadt, die Menschen ihrer jeweils letzten Reise. Wäre ich doch so, denkt die Mutter aus weitem Abstand. Meinst du, daß ich das jemals fertigbringe, fragt sie die Tochter, so selbständig zu sein, auch zu reisen? Du wirst sicher nicht nach Westafrika fahren und auch nicht auf die Lofoten und nicht einmal nach Prag, aber selbständiger werden, warum nicht, eines Tages, sagt die Tochter mit einem wehmütigen, schlechten Vorgefühl.

Bei der Gelegenheit hat sie die Mutter auch mit der Zusicherung getröstet, die ersten Reisen ohne den Vater könnten ja Reisen mit den Kindern sein. Und der Mangel an Selbständigkeit? Der offenbart doch nichts anderes als den Überfluß an Zusammengehörigkeit, diese Vollkommenheit von früher, von vorher, ihr habt doch miteinander die Idee von Zusammengehörigkeit verwirklicht, du und der Vater, kein Wunder also, daß sich da jetzt eine Leere auftut, ein Mangel, etwas Unausfüllbares, wer lebt schon so und hat so gelebt und sich geliebt wie ihr, sich so aufeinander eingelassen, ohne knickrige Vorsorgemaßnahmen für die Zeit nach des einen Tod? Diese Juristenwitwe da, ich würde sie an deiner Stelle nicht bewundern: auf was für ein eheliches Leben blickt sie denn zurück? Na? Und schon gar nicht sie beneiden: willst du denn auf eine Gefühlsarmut neidisch sein? Was du jetzt unheimlich gut selbständig machen kannst ist, daß du dich erinnerst, daß du deinen Überfluß als Erinnerung in die Gegenwart nimmst, so ungefähr, du weißt, was ich meine. Was du am besten ohne fremde Hilfe kannst, ist trauern.

Endlich, endlich ist es so weit und die Tochter kann einfach der organischen Bedingungen wegen nicht mehr weitermachen mit ihrer besserwisserischen, selbstgerechten Belehrungssuada. Ihr Mundraum ist mit einem Pelz ausgelegt. Die Speicheldrüsen geben keine Feuchtigkeit mehr ab, Schluß, endlich endlich. Habe ich vor dieser biologischen Verweigerung der Mutter noch sagen können: Jetzt ist wieder ein ziemlich junger Mann gestorben, er stand uns nah, er ist unerwartet gestorben, er war fast 30 Jahre jünger als der Vater, habe ich das nicht mit einer gewissen Rachsucht und Schadenfreude und als Verweis gesagt, als kritisiere ich ihre Gefühle, als sei mir von diesem Tod an eine Trauer um jemanden, der 30 Jahre älter werden konnte, anrüchig? Soll sie erschrecken, soll sie ein schlechtes Gewissen haben? Ach, sie ist ja sofort so mitleidig und selbstvergessen auf diese derart ungehörig viel jüngere Leidensgefährtin eingestellt, diese neue Witwe, fast darf sie sich ihr nicht als Leidensgefährtin zugesellen.

Sag ihr unversehens was einfach idiotisch Liebes! Sag ihr: wenn wir auf der Erde immer mehr Leute entbehren müssen, sollten wir uns ja freuen, denn der Himmel wird wohnlicher. Ist es nicht beruhigend, wenn nette Leute sterben, unterhaltsame Leute, der Vater bekommt immer mehr und abwechslungsreichere Gesellschaft, er braucht nicht nur in ehrfürchtigen Haltungen beispielsweise mit Kierkegaard und Goethe zu reden. Man darf auch nicht immer denken, zum Leben gebe es keine so richtig schmackhafte Alternative. Bloß weil wir nichts wissen. Mir ists recht so. Es ist vernünftig, geduldig zu sein. Glaube, Liebe, Hoffnung sind vernünftig. Das macht doch beinah Spaß, hm?

Der Vater hat im voraus unter unserem Kummer um ihn gelitten. Oft sah er so aus. So erkläre ich seine Lebensempfindlichkeiten. Hör mal auf, jetzt zwischen vier und fünf an diesem Dienstag so verzagt zu sein, denn wir sollten an der Erlösung des Vaters arbeiten. Es überanstrengt, mit diesem schmerzhaften Zusammenziehen zu lieben.

Als ich die Nachricht vom Tod dieses ziemlich jungen Freundes bekam, habe ich sofort gedacht, ich müsse jeden Gedanken dazu aufschreiben.

Ich habe sofort jedes Gefühl für druckfertig gehalten. Für solche Gehirnvergnügungen bist du nicht überheblich genug. Du wachst häufig gar nicht gern morgens auf? Schwer zu begreifen. Fällt dir denn nicht ein: du kannst ja wieder anfangen zu denken! Die Denkarbeit an der Trauer macht dem Verstand eine Freude, die neu und stolz ist. Einen Gedanken anfangen, auf ihm weiterkommen, ihn einmünden lassen in einen weiteren Gedanken, in die überraschende Fortsetzung, und mit einer Neugier der Fortsetzung folgen, das hört doch nicht auf. Ist das nicht deine beste befriedigendste Selbständigkeit, das Denken? Theaterabonnements, Ferienreisen, auf diesem Selbständigkeitssektor ist nichts Besonderes zu erwarten.

Wieder eine Gemeinheit, die ich meiner Mutter zumindest andeute.

* * *

Die Tochter und der Schwiegersohn werden demnächst anläßlich einer beruflichen Reise auch Verwandte besuchen. Es handelt sich um die ältere Tochter der Mutter und um deren Mann. Die Töchter lieben sich sehr, eingeschlossen ihre Ehemänner. In dieser Familie liebt man sich sehr, sowieso. Man ist hilflos angesichts geringfügigster einschränkender Maßnahmen, die gegen ihre Liebe getroffen werden könnten, also nicht getroffen werden können. Das muß immer wieder gesagt werden. Es ist so exotisch. Man hat das selten. Die Mutter bekommt plötzlich Lust, mitzufahren. Sie wurde zwar vorsichtshalber spät in den Plan eingeweiht, aber sie findet, es sei noch zeitig genug für ihren Entschluß, nun endlich die erste halbe Selbständigkeitsprobe zu machen. OHNE DEN VATER, das sollte ja MIT DEN KINDERN heißen, zunächst, und sie wagt es, sich zu erinnern. Sie hat natürlich auch ihre übliche Angst, darauf hätte man sie gar nicht erst stoßen müssen, die hat sie ja von selbst. Es wird ihr schon schwer fallen, sich aufzuraffen. Aber es würde völlig genügen, sie einfach nur herzlich zu überreden. Komm doch mit, ja, das ist großartig, du hast ja endlich mal Lust zu so was.

Stattdessen kümmern wir uns um die Bedenken der Mutter. Mit innerer Ungeduld erwähne ich beispielsweise, daß keiner von uns viel Zeit für sie haben wird. Das macht ihr wenig aus. Und du meinst wirklich, du könntest dort auch schlafen? Wir gehen nämlich ins Hotel. Wir bleiben abends immer sehr lang auf, das würde dich stören, wenn du dort übernachtest. Gemeint ist, daß es uns stört.

Die Mutter hat, nach Telephonaten mit den Töchtern, die in großes, liebes Wohlmeinen verpackten Bedenklichkeiten der Töchter weitgehend übernommen und auch gelernt, sie als REALISTISCH zu bezeichnen. Sie hat keine Ahnung, wie uneigennützig sie ist, wenn sie auswendig hersagt: Es ist MIR zu anstrengend. ICH bin ja reichlich blöd und lahm, aber MIR ists wohler beim Gedanken, zu Haus zu bleiben.

Die Töchter und die Schwiegersöhne können es

sich längst leisten, über die Schwerfälligkeit der Mutter zu stöhnen. Es wäre längst schwierig, sie umzustimmen und ihr die anerzogene Unlust auszureden.

Aber nein! Wieder ist jedes Wort unwahr! Sie fände sofort in ihr ursprüngliches Gefühl zurück. Ich brauchte nur ohne jeden stimmlichen Aufwand zu sagen, einfach gelassen und verordnend: Wenn es auch bestimmt ein bißchen anstrengend für dich wird mit der Umsteigerei und dann dort, mach dir deshalb kein Kopfzerbrechen, Unternehmungen sind halt so, außerdem sind wir ja da, man muß sich ab und zu mal etwas übernehmen, damit anschließend das Ausruhen wieder mehr Spaß macht, hm? Hast du sonst noch Probleme, was ist dir sonst noch alles zu mühsam? Das Frankeneintauschen? Du liebe Zeit, und wozu denn, was brauchst du schon, und wir haben ja Franken. Neue Handschuhe? Das ist doch nicht so wichtig. Komm einfach mit, wart mal ab, es wird schon schön.

Sätze, die nicht gesagt worden sind. Man sollte einer Witwe wie dieser eigentlich sagen: Du bist allein. Hörst du: allein. Alles andere ist Taktik. Darin kommt gewiß auch Schönes für dich vor, mehr aber als Irrtum. Wie Irre lieben wir dich. Vor den Verwirklichungen stehen wir wie Irre. Wo das Irren aufhört, stellt sich die Wahrheit ein: du bist jetzt allein, einfach allein, ganz und gar allein. Das ist das einzige, was sich von jetzt an noch von selbst versteht.

* * *

Die Mutter hat dem Schwiegersohn nur unter dem Siegel der Verschwiegenheit gestanden, daß es ihr auf der Haushaltsleiter schwindlig war. Das hat sie nicht zum ersten Mal erlebt. Die Tochter darf davon aber unter keinen Umständen was erfahren. Du mußt mir das versprechen. Die Mutter sagt FEST versprechen, und damit ist sie das ganz, meine Mutter, diese entprivatisierte Person von früher, eine Person ohne Gebrechlichkeiten, eine Person für Kinder, und ich bin das nach wie vor, jemand, der nicht beunruhigt werden darf von so jemandem wie meiner Mutter, jemand mit einem EIGENEN LEBEN, von dem jemand wie meine Mutter GENIESS ES sagen muß, und nur so, mit dem Geheimhalten ihrer körperlichen Identität, wird sie, körperlos, für mich identisch mit sich selber. Sie ist eine der schönsten Erfindungen auf dieser Welt. Sie ist wieder, in ihrem Verschwinden für mich, die Erfüllung des begütigendsten Wunschtraums. Mein Vater ist wie nicht gestorben. Mein Lebensalter ist wie ungelebt.

Schon morgen wird meine Mutter mir einfallen als eine alleinstehende Frau Anfang 70, wie eine Schlagzeile im Lokalteil der Zeitung sie meinen könnte, bei irgendeinem schicksalhaften Überqueren der Straße. ALTE FRAU VON FAHRZEUG ERFASST: noch niemals ging mich das was an. Noch niemals kam mir in den Sinn, ein Journalist dürfe je seine schamlos gleichmacherische Sprache auf meine Mutter anwenden. Bei einem für die Zeitung nennenswerten Unfall meiner

Mutter würde man sie aber ganz genau so als ALTE FRAU anonymisieren. Ich werde schon heilfroh sein müssen, wenn der Berichterstatter und der Lokalredakteur meine Mutter überhaupt für eine Notiz ernst genug nehmen.

Man muß heiterer, gelöster über die Mutter reden. Daß sie demnächst einen Jubiläumsgeburtstag feiert, haßt sie wirklich. Sie will aber nicht auf die bekannte Art um jeden Preis jung sein. Sie ist nicht eine von denen, die sich mit Perücken und Schminke und in bunten Kostümierungen vor ihrem Lebensalter verstecken, mit dieser vergeblichen Trostlosigkeit hat sie nichts zu tun. Sie trägt allerdings gar nicht gern dunkle Sachen. Lieber hat sie helle Blusen, beispielsweise. Daß sie sich nicht nach einer Kalorientabelle ernährt, hat nichts mit Gesundheitsverachtung zu tun, eher unterliegt sie doch immer wieder irgendwelchen Versuchungen. Am Tagesende braucht sie bei keiner Demaskierung in die wahre, in die einfach alte Person zurückzukehren, haßerfüllt und voll Grauen gegenüber diesem stundenweise schlecht verleugneten Pech, sich selber.

Warum bestätige ich mir diese Alltagsehrlichkeiten denn. Ich fühle, daß ich beim Nachdenken über meine Mutter immer ein Rachegelüst bekomme gegen ihre Mitwitwen und gegen ihre unverwitweten Altersgenossinnen. Es ist, als müsse ich ihr Leben rechtfertigen. Ich beschimpfe andere Lebensweisen: so verteidige ich ihre. Eigentlich macht sie doch gar nichts verkehrt.

Eigentlich am wenigsten bei offensichtlichen Verkehrtheiten. Ist es denn verkehrt, daß sie ohne große Geschicklichkeit entbehrt? Aber sie läßt sich ja nicht einmal gehen. Sie hält ja weiterhin alles in Ordnung. Ihr Tageslauf ist so gewissenhaft und so vertrauenerweckend zubereitet, ja so zubereitet, so als bereite sie ihn für jetzt nur vorübergehend mal abwesende Teilnehmer. Der Vater könnte jederzeit wieder eintreten.

Eigentlich macht sie doch alles richtig. Sie ist doch nur sehr traurig, zeitweise. Die schlechteren Phasen werden schon seltener. Gönne ich ihr das denn nicht? Wie kann sie sich bloß beteiligen wollen an irgendwelchen Reiseunternehmungen von uns folgerichtig abtrünnigen Kindern? Ich schreibe einen Brief ans Ferienhotel und frage nur nach Preisen für uns. Ich lasse nur unser Zimmer reservieren. Ich erkundige mich nicht – heimlich, um sie damit zu überraschen, ja, glücklich überraschen würde sie doch schon dieser Ansatz, dieses Wenige: sie wars mir wert, in meinem Brief vorzukommen! – nach Einzelzimmer und Vollpension für sie, ich empfinde bei jedem Buchstaben die Gemeinheit beim Weglassen, bittesehr, steht mir denn nicht das Wasser in den Augen, bis zum Hals, ist das denn nicht eine Qual, während ich nichts tue, um diese Qual zu beenden, oder um sie zu verändern; und mein Mitleid mit meiner Mutter ist wie immer und bei jedem Anlaß doch mein Mitleid mit mir: ich kann mich, verdammt, wieder mal nicht uneingeschränkt freuen, wieder komme ich zu keinem mit mir isolierten Genuß, wieder diese Blockade, da gibt es doch wahrhaftig außer mir noch einen Menschen, was für eine Anmaßung, meine Mutter.

Völlig normal, daß die Mutter noch ein paar Wünsche hat. Völlig normal, daß das Wünschen nichts mehr hilft, seit der Vater nicht mehr lebt: das ist eine ganz simple Gleichung mit zwei nicht Unbekannten. Andere Frauen in diesem Alter, verwitwet oder nicht, sie würden ebenfalls so einiges für sich wünschen. Warum nicht mal ein bißchen profitieren von den Kindern? Ach, hören Sie auf, meine Mutter, das ist etwas ganz anderes. Im Vergleich zu ihr sehe ich in Ihrer aller vom Egoismus verzerrten fratzenhaften Masken.

Aber ich kann es ebenso wenig zulassen, daß bei einer Schilderung beispielsweise der Genügsamkeit meiner Mutter sie etwas verächtlich und zum Fabelwesen wird. Sie ist keine exzeptionelle Witwe, beteuere ich. Sie ist nicht psychisch krank, sie hat keine organisch manifeste Depression, sie ist überhaupt nicht der depressive Typ. Sie ist traurig. Sie kann lustig sein und ist lustig. Wie gut kann sie beides. Sie hat nicht Schluß gemacht mit allem Vorherigen. Sie hat nicht aufgehört, beteiligt zu sein. Sie liest weiterhin die Zeitung gründlich. Sie verpaßt die Nachrichten aus dem Tagesgeschehen nur ungern. Sie sucht den Frisiersalon nach ihrer Meinung nur deshalb auf, weil das Haar dran ist und nicht die Seele. Mit prinzipielleren zahnmedizinischen Manipulationen hätte sie sich auch, bevor sie zur Witwe wurde, nur ungern befaßt, so ungern wie heute also. Sie kauft ein, sie besorgt sich die Lebensmittel, an die sie von jeher gewöhnt ist, und weil sie in ihrer Entwicklung als Witwe weitergekommen ist, besorgt sie neuerdings auch Sachen, die vorher nur dem Vater geschmeckt haben, und bald wagt sie sich auch an Sachen, die nur ihr geschmeckt haben und mit denen der Vater sie verwöhnt hat. Wirklich? Doch wohl nicht. Es waren doch beim Vater nicht diese schäbigen Puddingbecherchen. Wer also kümmert sich jetzt um die kleinen Belohnungen für gar nichts, um die überflüssigen Extras? Wann wird sie denn das einmal selber machen, nur für sich: in die Konditorei gehen, vor dem Tortentresen eine vorfreudige Wahl treffen? Und wie wird dann das Auspacken zu Haus sein, und wie wird sich das denn essen ohne Zuschauer, ohne jegliche Nachsicht?

Sie bestellt aber den Gärtner, sie abonniert eine weitere überregionale Zeitung, zusätzlich, und ihr wird noch mehr einfallen.

Alles aber auch alles kommt ihr dann und wann bedingungslos überflüssig vor. Doch ohne zu überlegen ändert sie eine Wochenendgewohnheit und fährt nicht die paar Kilometer zum Wochenendfluchtpunkt, zu den Schwestern, nein, sie bleibt zu Haus, das ist ihre Pflicht als Großmutter, denn der Enkel hat die Absicht geäußert, bei ihr zu übernachten; also wird sie für ihn da bleiben, und sie geht mutlos, ablenkbar, geduldig zum Einkaufen: das ist doch schön, würde sie jedem zugeben.

* * *

Daß wir in unserer Familie Jahrestage ernstgenommen und miteinander begangen haben, könnte falsch gewesen sein. Sicher war es leichtsinnig. Es ist leichtsinnig, sich mit Haut und Haar besinnungslos zu lieben. Auf einmal, mitten im Monat, an einem plötzlich nicht mehr beliebigen Tag im September, muß man die 54jährige Verlobung der Mutter als Witwe feiern. Wir machen alles wie immer und keine Staatsaffäre draus, ja? Wie kann man denn alles wie immer machen, wenn der Vater nicht mehr dabei ist, dieser Mitbegründer von ALLEM, IMMER?
Es geht aber, es ist gar nicht so schwer, es fällt uns sogar fast leicht. Die Tochter und der Schwiegersohn machen eine Ausnahme und sind stundenlang bei der Mutter. Sie hat diese Ausnahme, ausnahmsweise, beinah selbstbewußt angenommen. Sie hat sie sogar erbeten, nicht kniefällig. Womöglich fast gefordert? Das doch wieder nicht. Aber woher nahm sie ihren Stolz, wieso war sie nicht demütig? Bei einem Datum wie diesem fühlt sie sich durch den Vater ausgezeichnet, er hat sich mit ihr verlobt, sie darf doch auch einmal merken, daß sie jemand Wichtiges ist.
Beim Plänemachen für den Tag im September mußte die Mutter jedoch wie immer damit rechnen, daß die Tochter sagen würde: Ein schreckli-

ches Pech, aber es geht einfach nicht, dieser elende Termin war nicht zu verlegen. Und dann hätte die Mutter nicht gejammert, gebettelt, auch nicht genörgelt. Auf Verabredungen kann sich sowieso noch bis in ihr Zustandekommen hinein, bis in den Anfang ihres Gelingens, keiner verlassen, etwas Verhinderndes kann sie abändern und einschränken und muß jederzeit erwartet werden.

Neulich mal hat sich die Mutter gefreut. Ein schöner Plan mit uns hat ihr einen ganzen Tag wohltätig im voraus geordnet und befriedet, auch einen von den gefürchteten Jahrestagen. Im ersten Jahr ohne einen Vater sind solche Tage doch noch übergewichtig. Zahlen schüchtern die Mutter ohnehin ein. Mit Zahlen hat sie so ihre Erfahrungen. Natürlich lacht sie mit, wenn man sich ein bißchen über ihre Zahlenangst lustig macht, aber ihr Blick bleibt unfroh: wie konnte sie auch diesen Zusammenstoß zulassen, den eines 13. im Monat mit einem Termin beim Arzt. Das muß ja schiefgehen.

Glückskombinationen von Ziffern gibt es dann selbstverständlich ebenso. Fixpunkte aus dem Leben des Vaters sind gute Daten. In der ersten vaterlosen Wiederholung seines Geburtstags hat sich meine Mutter bewußt ritual und kindlich, bewußt fügsam dem absoluten Aufprall mit diesem Datum ergeben. Sie macht so was nicht habituell und gern, nicht beweihräuchernd feierlich, nie wird aus ihr eine ambitionierte Profi-Witwe und aus ihrer Wohnung ein Vaterarchiv, worin man über lauter Andenken stolpert und bei jeder Bewegung ein Photo umstößt. Sie erledigt Gedenkaufgaben für sich. Wir andern machen nur bei den geselligen Umrahmungen mit. An diesem ersten Geburtstag nach dem ersten Todestag sind wir übrigens verreist gewesen, es ergab sich. Meine Mutter hat uns diesen Tag nie ganz geschildert. Was sie getan hat, sagt sie, wenn man sie fragt. Was sie gefühlt hat, fragt man sie nicht.

Aus diesem Tag ist für sie ein kleines, zeichenhaftes und beinah auch erheiterndes Erlebnis herausgefallen und sie hat es uns auf einer Postkarte in unseren Ferienort beschrieben. Ich stelle mir vor: Sie war von vorneherein etwas somnambul. Sie nennt das MÜDE, ich nicht. Beim Einkaufen war sie extrem verkehrsgefährdet. Als potentielles Unfallopfer hat sie zuerst mal die Alltagsanforderungen absolviert. Dann ist sie im Haus wie in Trance und von ihr selber nicht durchschaut ausgerechnet zum Kleiderschrank vom Vater geschlafwandelt und darin ausgerechnet zu dem Anzug vorgedrungen, von dem sie bis dahin ein Berührungsverbot getrennt hat. Diesen Anzug hat er an seinem körperlich und seelisch so verblüffend, ja immer wieder verblüffend guten letzten Tag angehabt. Die Mutter hat, weiterhin traumwandlerisch, mondsüchtig, in einem Rätsel lauter Lösungen gewußt, sie hat ohne jede Berührungsangst nun auf einmal diesen Anzug anfassen können. Sie fühlte sich weich und begnadigt. Sie griff in die Taschen des Anzugs. In ihrer Betäubtheit war sie so schwerelos. Sie war eigentlich besonders wach. Sie war nicht eingeschüchtert, nicht bedrückt; alles war nicht wie sonst bei den Annäherungen an die vom Vater stehen- und liegengelassenen gegenständlichen Lebenszeichen.

Und dann hat sie den Fund gemacht. In der rechten Jackeninnentasche ist ihre Hand auf etwas Glattes, Rundes gestoßen. So ist sie einem Geheimnis des Vaters auf die Schliche gekommen und hat eine 5. goldene Uhr entdeckt. Seine Sammlerpassion rechtfertigte der Vater immer nur bis zur Zahl VIER: er hat dann immer ICH HABE JA SCHLIESSLICH VIER KINDER gesagt, um die Aufregung meiner Mutter zu dämpfen. Die vier Kinder waren mit den vier unverschwiegenen Uhren versorgt. Durch diese fünfte Uhr ohne offiziellen Adressaten, diese besonders schöne alte goldene Taschenuhr mit Initialen, Datum und Kette hat meine Mutter sich als meines Vaters fünftes Kind gefühlt, als sein Schützling, und bedenkenswert wie seine andern Kinder.

»Nun muß ich Euch aber ein seltsames Erlebnis erzählen... Also Ihr wißt doch von den vier Uhren, die der Vater hatte und von denen jedes Kind eine haben sollte. Und so machte ich es auch... Ich weiß nicht, wie in Trance ging ich nach dem Bettenmachen an Vaters Kleiderschrank, nehme den Anzug heraus, den er am 19. 9. getragen hatte, falte ihn auseinander und komme an die Weste. Und was war da? Die Kette schön im Knopfloch, wie er es immer trug,

eine Uhr in der Westentasche, auch mit Sprung-
deckel und mit seinen Initialen verziert. Ich wuß-
te, daß er immer eine trug, dachte aber, das wäre
die gewesen, die ich Reinhard gab. Ist das nicht
merkwürdig? Ich weiß gar nicht, WARUM ich
plötzlich an den Schrank ging und den Anzug in
die Hand nahm! Ich machte die Uhr ab und trug
sie glückselig in allen Zimmern herum, ich nahm
sie dann auch mit nach B., dort lag sie immer
offen auf dem Tisch. War das nicht ein Gruß
vom Vater? Es war sogar so, daß ich lachen
mußte über den goldigen Menschen, denn das hat
er VERHEIMLICHT, daß er noch eine fünfte Uhr
kaufte und dann trug. Ach, gerade wie mit den
viel zu vielen Goethe-Ausgaben und Shakespeare
und Lessing und Bibeln und Neuen Testamenten!
Der liebe, liebe, ach viel zu liebe Mensch!«
Und keine weiteren Gefühlsausbrüche; im Brief
folgt dem Uhrenmysterium ohne Übergang die
Schilderung einer aktuellen Kleinigkeit, an der
Haustür hat es geschellt und ein Kind aus der
Nachbarschaft hat mal wieder was Süßes haben
wollen. Die Mutter schlägt dann der Tochter vor,
nur noch nach jeder Mahlzeit eine Zigarette zu
rauchen. »Nun Schluß, es ist Zeit für den Brief-
kasten. Habt es schön gemütlich, warm und
nahrhaft, SCHLAFT gut und seid fröhlich.« Die
Tochter spricht das vor sich hin wie die letzte
Zeile von einem Psalm mit Beruhigungswert und
sie fühlt sich für Momente entkommen, in einer
erlaubten Gedankenlosigkeit.
Wenn meine Mutter nachts vor dem Einschlafen

über einen Tag beschließen kann: wie gut ist er verlaufen, wie gut war ich wieder dran mit meinen Kindern, sie haben mir von ihrer kostbaren Zeit geopfert, mein eigener Geburtstag, was ist das für ein schöner schöner Tag geworden — dann hat sie das Gefühl, etwas richtig gemacht zu haben, und deshalb, weil es ihr gelungen ist, sich zu freuen, ist sie glücklich, ist sie dankbar, den Mitwirkenden, sich selber aber auch. Sie selber hat nicht versagt. Sie genießt einen Vollzug, dem das Schöne verordnet war, einfach wegen des bestimmten Datums, nicht hauptsächlich für sich, vielmehr fühlt sie ihre Folgsamkeit dem Vater gegenüber.

* * *

Ich will wieder mehr zu Fuß gehen, sagt sie, wieder öfter draußen herumlaufen; und wenn das Wetter es erlaubt, fährt am Wochenende die Mutter nicht mehr mit der Elektrischen zur Bus-Station, wo sie nach B. abreist in ihr Wochenendexil, sie hat neulich, ungeplant wie es in ihren Alltag paßt, einen Feldweg zwischen Äckern entdeckt, auf dem sie plötzlich wieder eingekehrt, zurückgekehrt ist in einen Sinn für die Natur um sie her. Die Landschaft sah ein bißchen altmodisch aus, hat sie an ein Biedermeierbild mit bäuerlicher Szenerie erinnert. Leichter Nebel, der ihr die Umgebung zum Ausschnitt verkleinerte, um so mehr zum Bildnis ihr werden ließ, war ja geradezu beglückend!
Es gibt Augenblicke, Eindrücke, über die man

sich kaum fassen kann, man kann ihren Glücks-
überfall nicht fassen. Jemand wie meine Mutter,
ohne Begleitung auf dem menschenleeren Weg —
nur am Ende des Sichtfelds hat ein Mann am
Nußbaum gestanden — rätselt nicht am Aus-
drucksunvermögen herum, so jemand singt dann.
Auf diesem Weg an einem beginnenden Herbst-
tag ist ihr auch das Lied vom SCHÖNEN SEPTEMBER
eingefallen — woher? Aus weiter Ferne, die ihr
wiedergeschenkt war, unvermittelt, ein Gnaden-
akt, und die Nähe war damit vertraut, umgäng-
lich, leicht zu begreifen. Stell dir vor, ganz laut
habe ich gesungen. Weil ja keiner da war. Ich
hab natürlich aufgehört, so bald der Mann am
Nußbaum mich hätte hören können.
Soll man der Mutter wieder mit übergeordneten
Bedeutungen und — das paßt ja hier — mit Friedrich Schiller kommen, sie eher beschweren als
zusätzlich belohnen, sie eher ein bißchen aus dem
Takt bringen, in so einem Morgen, der ihr wie
ein Lied freundschaftlich und herzlich das einfache Glück bringt? Das Schöne hier können, ja
sollen wir als Hinweise verstehen. In dieser
Anschauung, Lichteinfall im Herbstlaub, steckt
eine Lehre. Wir können sie jetzt noch kaum verstehen. Unser Gefühl ist die Annäherung. Dieser
Gewitterregen, diese Schneegraphik, der gute
Einfall dort: zwei wie mit äußerstem Bedacht
aufeinander abgestimmte Hügel, und diese Erfindung: eine Baumgruppe vor dem Dunst aus
einem Kamin — das alles ist jetzt schön und
schwerverständlich. Es wird EINST und DORT, ich

habe es dir bestimmt bereits zitiert, die Wahrheit sein. Wir sollten wirklich nicht blind sein gegenüber diesen Geheimschriften um uns herum, versteh doch deinen Feldweg als Botschaft, sieh doch im Nebel ein Zeichen, und das Gute wird besser zu dir sein, das Schöne wird ernster und schöner. Die Wahrheit dort: hier müssen wir sie ahnen. Die Gegend ist ein Zitat. Unsere Vorahnungen machen uns so verletzbar durch alles Häßliche, Verzankte, Kleinliche, das Böse; es ist jeweils doch ein Erlöschen – sagen wir es doch, fassen wir doch den Mut! – des Göttlichen; es ist das Scheitern von Menschen daran, sein Lebensangebot, seine Erkenntnismöglichkeiten, seine Aufforderung zur Phantasie und zur Hoffnung anzunehmen.

Es ist ganz selbstverständlich viel angenehmer für die Mutter, wenn man die Erzählung ihres Feldwegglücks mit dem erinnerten Septemberlied einfach lustig, überrascht und neugierig aufnimmt und ACH BITTE SING MIR DIESES LIED DOCH MAL VOR und SCHREIBST DU MIR DEN TEXT BITTE BALD MAL AUF sagt, sonst kaum was.

Aber den Spazierweg um den Teich herum hat die Mutter in den letzten Lebenswochen des Vaters zu oft mit dem Vater gemacht, an den wagt sie sich noch nicht wieder heran. Das will sie demnächst mit uns in Angriff nehmen. Probeweise machen wir das ohne die Mutter nach dem Mittagessen bei ihr. Ah, der Teich ist nicht mehr was er war, Mutter. Gut, daß der Vater ihn so nicht mehr erlebt hat, es hätte ihn aufgeregt. Der

Teich stinkt, er ist eine Kloake, dieser einstige Stolz der Gemeinde, wir bedauern die paar Schwäne und Wasservögel, die noch lustlos von ihm leben, sogar die Kinder haben sich vom Teich zurückgezogen und spielen woanders. Besser, du trauerst diesem Spaziergang nicht nach, er ist ja doch wie ausgewechselt.

Beim Blick durch die kalte, graue, von Kiefernstämmen vergitterte Luft auf das weiße Haus, in dem die Mutter ihren Mittagsschlaf hält, hat mich das Gefühl, unser Gang behüte sie, das Wachehalten der Spaziergänger sorge für sie, wieder einmal von mir selber befreit, und ich bin mir vorgekommen, als wäre ich für den Augenblick nicht ganz so penetrant diese umzingelte Person ohne Geduld für die ersten belanglosen Einfälle.

Ja aber heut ist mir nicht nach überpersönlichen Bedeutungen, zum Teufel mit den vielsagenden Rätselhaftigkeiten und dem Hinweis-Charakter schöner Erdengefühle, heute will ich auf der Erde bleiben, heute tut mir dieser Gestorbene einfach verdammt leid, denn er ist gestorben. Meinetwegen: ein seelischer Rückfall. Es kann gar nicht immer zeichenhaft hochfliegend transzendenzverliebt zugehen. Da schaue ich ein sonntags aufgenommenes Photo an. Der Vater ist mit abreisenden Gästen ans Gartentor gekommen. Er hat zuvor beim Anziehen der weichen beigen häuslichen Wolljacke ein behagliches Gefühl gehabt. Oh ja: ein BEHAGLICHES GEFÜHL des Vaters. So ein Gefühl von ganz banaler Geborgenheit in einer weichen beigen häuslichen Wolljacke. Die Schönheit der Erdengefühle reicht manchmal völlig aus. Die Vorstellungskraft kann heute und jetzt beim Anblick des Photos nicht über eine Wolljacke hinaus.

Die Mutter weiß sich wahrhaftig ausreichend geliebt, auch als Witwe, und vielleicht als Witwe erst recht, manchmal zu sehr, auch zu mitleidig? So überschwänglich schrieb man ihr doch früher nicht. So beschwörend hat man sie doch vorher nicht umarmt. Wie über den Tod wegtäuschend ist denn dieser Händedruck?

Hör mir mal zu, Mutter: über die Toten soll keiner weinen. Um die Lebendigen muß man bis in die verzweifelten Knochen und auszehrend trauern. Der Vater, wie jeder, der gestorben ist, ist und hat erlöst, ja, das hat er getan für uns, er hat erlöst von Angst und Schuld und Reue und bewußtlos biologischem Hoffen und von erbärmlichem Ichdenken und Selbstgefühl — hörst du mir zu, ich finde, du solltest nicht weinen. Die Mutter hat nicht geweint.

Wo fühlt sie sich denn weniger vorläufig und weniger ausgebürgert, bei sich zu Haus oder bei ihren Schwestern, den Tanten des Wochenendes? Sie muß jeweils von da nach dort die Flucht ergreifen. Wenn man nicht in sich selber wohnt, ist man auf der Erde nirgends zu Haus. Eben ist es aber schön, jetzt ist es schön, sagt die Mutter, wir sitzen zu viert um einen Teetisch, wir können uns jetzt in den Stühlen zurücklehnen, jeweils ist eine Aufregungsstrecke überstanden, eine Mahl-

zeit hat gereicht und gut geschmeckt, beispielsweise.

O doch, der Mutter ist zu helfen. Das neue
Zusammenleben mit ihren Schwestern in einer
beinah etwas unbürgerlichen Hauswirtschaft aus
dem Stegreif, ohne feste Gewohnheiten durch
einen Mann, es verwundert und belustigt sie noch
immer. Meine Tanten haben ihre älteste Schwester unaufwendig eingelassen, nicht als Gast.
Keine Absprachen, keine falsche Fürsorge, kein
Getue! Ihre Musikberufe verschönern diese wie-
deraufgenommene Gemeinsamkeit, in der sie alle
drei verjüngt wirken, ja, sie gruppieren sich mir
wie zu einem Jugendbildnis. Hier sieht man Fort-
geschrittene im Lehrstoff HEITERKEIT, GEDULD.
Hier kränken keine Aussiedlergefühle. Hier fällt
das jeweils richtige Wort und ruhig genug, nicht
zu laut. So ernst ist schließlich gar nichts
gemeint. Hier trinkt man jetzt doch einen Tee
kurz nach dem Entschluß, jetzt doch keinen Tee
zu trinken. Hier wird das Gernhaben ausgeübt,
stillschweigend. Hier ist nichts vorsätzlich und
vorgetäuscht.

Wenn wir diese drei Schwestern besuchen, immer
überfällig, ist es die geschwisterlich veränderte
Wochenend-Mutter, die uns an der Haustür
empfängt. Sie breitet die Arme für uns aus. Sie ist
ein bißchen verlegen und doch auch selbstbewußt, fast stolz. Sie erzählt gleich eine Einzelheit
aus dem gesetzlosen freiheitlichen Alltag in B.,
etwas ist ihr doch wieder sehr sonderbar vorgekommen, aber gefallen hat es ihr, ein ungereim-

tes Leben, sie kann sich keinen Vers drauf machen, es geht ihr gut, sie sagt es. Es war wie aus La Bohème. Willst du nicht bis Dienstag hier bleiben, Mutter, willst du nicht schon donnerstags hierherkommen?

Ich umarme meine Mutter. In meiner Begrüßung spüre ich meinen Abschied. Der liebe warme gutgenährte Körper ist plötzlich doch das Verlassenste, das ich weiß. Aus dem Hausinnern riecht es schon nach einem scherzhaft feierlichen Essen uns zu Ehren. Die Mutter wird nicht appetitlos sein. Der Schwiegersohn wird sie mit der Dessertportion aufziehen und sie wird es drauf anlegen. Die Mutter hat einen schönen Tag vor sich. Durch eine einzige ungeschickte Bemerkung kann die Mutter um den Verstand gebracht werden.

Ganz ohne Sinn und Verstand, ja, ist plötzlich einfach alles. Sie hat sich zu weit vorgewagt, jeden Augenblick ohne den Vater zu weit. Sie spürt die Wahrheit über sich, ihre gründlichste Verlorenheit, doch sie faßt nicht den Mut, sie anzuerkennen. Das kann doch nicht sein! Warum kommen mir denn die Tränen? Wegen einer Albernheit! Wie töricht von mir. Ich habe doch nicht geweint, wo geweint wird, am Sterbebett, in der Kapelle, auf dem Friedhof. Da hat dich auch keiner im Stich gelassen, schon gar nicht der Vater. Da hat dich auch nichts entwürdigt, im Gegenteil. Ist denn Gekränktwerden schlimmer als der Tod? Meine ungeschickte Bemerkung ergibt eine Totale: die Mutter weint durch mich. Aus einem Mißverständnis in einer

Unterhaltung habe ich sie nicht rechtzeitig geret-
tet. Wie fahrlässig: eine Meinungsäußerung! Sie
weint, einfach weil jetzt keiner aus Liebe, ohne
Argument, blindlings unvernünftig, mit ihr soli-
darisch ist. Wahrhaftig, es ist keiner da, denn der
Vater ist nicht da. Kein Netz unter diesem Seil
mehr. Von nun an tut man sich bei Ungeschick-
lichkeiten zum Weinen weh.

Das ist so eine Erfahrung. Als Eintragung im
Tagebuch taugt sie aber nichts. Die Mutter sieht
höchstens ein bißchen gewarnt aus. Während die
Tochter schreckensselig den kleinen Vorfall auswendig lernt, hat die Mutter sich erholt. Sie
würde sich schämen in einer nachtragenden Pose,
selbstmitleidig, nein, sie treibt keinen Aufwand
mit sich, auch keinen inneren.

In B. aber halte ich die Mutter für beschützt. Da
setzen die drei Schwestern sich doch einfach in
den sommerlichen Garten und lesen alte Roma-
ne. Wer hat sich denn jetzt einen verstaubten
Jahrgang der GARTENLAUBE geholt und klopft ihn
aus vor dem Genuß mit einem schlechten Gewissen, das flüchtig ist wie ein Lächeln? Meine jüngere Tante frischt den ganzen Jeremias Gotthelf
noch mal auf. Meine ältere Tante blättert jetzt in
einer dicken Gartenfibel nach neuen Ideen für
die Hecke. Dazu gibt es gezuckerte Himbeeren
mit Milch! Und viele andere anmutige, etwas
wunderliche Einfälle behüten die Mutter bei
ihren Schwestern.

Aber was erzählt sie denn da bloß! Gestern hat
einer der unorganisierten Spaziergänge mit den

Schwestern sie überanstrengt. Sofort verschreckt mich ihre Müdigkeit als Bestandteil eines Krankheitsbildes. Vor Angst bin ich zornig. So finde es doch lustig, Mutter, daß ihr euch wiedermal langatmig verirrt habt, daß dein Schuh in einem Schlamm steckengeblieben ist, erzähl mir doch nichts von Atemnot! Und wie stümperhaft auch das ist: du suchst nicht nach widerspenstigeren Wörterkombinationen, sondern sagst BESTATTUNGSKOSTEN, womit du das Begräbnis des Vaters mitläuferhaft in eine bürokratische Öde bringst. Treuherzig fällst du doch rein auf die allgemeine Arglist. Ungeschickte Bewegungen. Seit deiner ungeschickten Bewegung von gestern leidest du unter einem Schwindel. Es ist eine unangenehmere Sorte von Schwindelgefühl, die Sorte kennst du noch nicht. Das Schlimmste ist vorbei, aber du fühlst dich immer noch benommen. Deine ältere Schwester findet, daß du jetzt etwas merkwürdig gehst. Deine jüngere Schwester stellt fest, daß du Wörter mit dem Buchstaben ü komisch aussprichst. Mutter, ich werde auf der Stelle verrückt, was erzählst du mir denn da! Aber beruhige dich doch, ich nehme mich ja in acht, ich vermeide es, mich zu bücken, dir darf man aber auch nichts erzählen, sagst du zu mir, denn weil ich dir helfen müßte, mußt du mir helfen.

* * *

Die Tochter wird erreicht von Fragen mitfühlender und distanzierter Leute, die hauptsächlich

mit ihrem Vater befreundet waren, selbstverständlich unter Einschluß dieser sich selbst bis
zur Unauffälligkeit, bis zu ihrem Verschwinden
in der Familie nie geltend machenden Frau, der
Mutter, wie es denn inzwischen mit der Mutter
stehe, ob sie sich mit dem Alleinsein arrangiert
habe. Die Tochter antwortet von oben herab, mit
einer inneren Verachtung für diese Leute, denen
die Liebesfähigkeit der Mutter verdächtig ist: Es
kommt doch eben auf die Qualität einer Beziehung an, wenn ermessen werden soll, wie stark
gelitten, entbehrt, vermißt wird.
Allenthalben und ringsum sind die Beziehungen
qualitativ schlecht, sind nichts Besonderes. Jeder
schützt doch irgendwie sich selber davor, zu viel
empfinden zu müssen. Es ist nicht zuträglich,
einander allzu gern zu haben. In einer Zusammengehörigkeit darf einer nicht selbst ganz verschwinden. In einer Anhänglichkeit darf einer
nicht sich selber verlorengehen. In der Zweierbe-
ziehung muß jeder Partner ein eigenes Selbst ent-
wickeln, es kaltblütig gewissenhaft hegen und
fördern. Er muß etwas Unabhängiges von sich
aus der Bindung mit dem anderen Partner her-
aushalten. Dieses Unabhängige sollte gefühllos
vom anderen geschieden bleiben, so daß es nicht
zu irgendeinem Zeitpunkt wie etwa dem des
Todes oder auch nur einer banaleren Trennung
in die Gefahr kommen kann, von Empfindungen
heimgesucht zu werden.
So hat die Mutter 53 Jahre lang eindeutig nicht
gelebt. Wenn die Leute mit den fahleren Gefühls-

bindungen und dem aus der Zusammengehörigkeit herausgehaltenen Selbstinteresse es richtig
machen, so hat sie alles das gründlich falsch
gemacht. Ihr aber ist ebenfalls die Selbstverwirk-
lichung gelungen, und wahrhaft vorzüglich, wie
denn nur? Sie hat sich doch in 53 Jahren nie
unzufrieden verleugnet gefühlt. Die Mutter hat
ihr eigenes Wesen mit jeglichem Wunsch, mit
jeder Anlage, Erwartung, existenzieller Hoffnung, und zwar ganz und gar persönlich, in der
Beziehung zu dem Mann verwirklicht, den sie
geheiratet hat.
Aber hat sie denn privat und tatsächlich nur für
sich selber überhaupt nichts unternommen? Oh
doch, sie nahm jahrelang Gesangsunterricht, sie
ließ ihre Stimme regelrecht ausbilden, sie sang in
einem Madrigalchor mit. Sie hat Klavier nicht
nur bei bestimmten Gelegenheiten gespielt, sie
hat auch geübt und ihre Kinder zu Soloinstru-
menten begleiten können. War das alles? Sie hat
doch mit diesen musikalischen Initiativen dann
aufgehört, umständehalber, in den Kriegszeiten,
Nachkriegszeiten, warum nahm sie denn nichts
wieder auf, warum hat sie nichts Eigenes mehr
gepflegt? Wieso soll denn dieses Eigene nicht ihre
Familie gewesen sein? Sie war doch verantwort-
lich für ein Klima des freundlichen Wohlergehens
und der Verträglichkeit, der Sympathien. Ist das
nicht eine unüberschätzbare eigene große Lei-
stung, für eine Gruppe von Personen den Eindruck der selbstverständlichen, unzerstörbaren
Geborgenheit zu schaffen? Ihre Integration in

diese verwandtschaftliche Gruppe ist ihr in 53 Jahren nie als eine Einbuße und auch nicht als ein Fehler aufgefallen. So kann es kein Fehler gewesen sein, da es für sie kein Fehler war.

Und objektiv gesehen? Zum Trauern um einen lieben Menschen bleibt ja sowieso genug Material übrig, wissen normale Witwen. Er würde ihr schon ausreichend fehlen. Hat sie denn so radikal leiden wollen? Darauf angelegt hat sie es. Da muß sie nun sehen. Es war schon unüberlegt. Sie beklagt sich überhaupt nicht.

* * *

Wie abgelöst von mir selber wirken nach drei, vier Monaten schon diese Passagen auf mich. Was ich über ihre Ablenkbarkeit lese ist, als habe nicht ich es gesagt. »Die Mutter läßt sich gut ablenken. Sie ist sehr vorsichtig mit Selbstäußerungen und auch ihren Kummer zeigt sie nur als Andeutung und fast beschämt. Bekümmert, fühlt sie sich sozusagen erfolglos.«

Man muß über den Kummer, auch über ihn, man muß über die Mutter in einer beinah heiteren Ruhe reden. Man darf in einem Abbild ihres Kummers nicht diesen kleinen Vorgang unterschlagen: mitten in der Nacht, die umrahmt war von Corelli vor dem Einschlafen und einer Morgenandacht nach dem Aufwachen, mitten in der Nacht hat die Mutter Lust gehabt, was zu essen, und sie ist aufgestanden, sie hat drei Pralinés gegessen. Sind ihre Gefühle darum etwa weniger ernstzunehmen?

Es macht die Tochter nervös, daß ihre Mutter nicht systematisch, nicht planvoll und in einer Kontinuität leidet, sondern Stimmungen unterworfen ist, als wäre sie keine Witwe. Die Mutter ist schon allzu ehrlich! So absolut in sich wahrhaftig. Sie gibt einfach alles zu, Frohsinn in der Trübsal besonders gern, das Praliné in der Nacht.

Man telefoniert täglich zweimal. Täglich zweimal muß damit gerechnet werden, daß die Mutter womöglich schutzlos und verstört ist. Sie sagt es nicht, aber man hört es. Es kommt auch vor, daß sie so kühn ist, so übel ihre Lage, um eine Bemerkung darüber zu machen. Was soll denn das? Sei doch mütterlich, Mutter! Besinn dich doch auf deine Rolle im Spiel FAMILIE. Und wenn du schon nicht erwachsen sein kannst jetzt, so sei halt wieder kindlich vergnügt und erzähl ein unbedeutendes Erlebnis, vielleicht was aus der Nachbarschaft. Du hast doch beim letzten Telephonat einen ganz anderen Eindruck gemacht. Du hast einen langen Abschnitt vom Text auf einer Schallplattenhülle vorgelesen, die Zeiteinheiten waren dir egal, du hast mir alles über Dinu Lipattis letzten öffentlichen Konzertauftritt vorgelesen, über seinen Zusammenbruch mitten in einer Chopinsonate, falls ich vor Glück und Gerührtsein über dich noch richtig habe zuhören können, und du hast immer weiter vorgelesen, nun vom betörenden Wunder, zu dem dann eine schon jenseitige und nicht mehr faßbare Kraft ihn befähigte: dem wie von einer unirdischen

Botschaft benommenen Publikum hat er den Klavierpart einer Bachkantate vorgespielt, er hat sich mit JESU MEINE FREUDE in seinen Tod hineinmusiziert.

Sollte man daran nicht die Mutter erinnern, fragt sich die Tochter, die beim jetzigen Telephonat verängstigte, vor Bekümmerung verstockte Mutter, und daran, daß sie Freude und Stolz wiederaufnehmen soll, zwei der guten Gefühle vom vorigen Telephonat, denn es war schwierig, diese Schallplatte überhaupt zu besorgen: für den ältesten Sohn der Mutter, der demnächst in ziemlich weiter Entfernung 50 wird.

Zu sagen wäre auch: so ein früher Tod. Ungefähr doppelt so lang hat der Vater gelebt. Und: was für ein Verweis und Hinweis, diese letzte Musik des Pianisten. Und, Friedrich Schiller, vielleicht etwas unkorrekt zitiert: UND ALLE SCHÖNHEIT DIE WIR HIER GESEHN/WIRD DORT ALS WAHRHEIT UNS ENTGEGENGEHN. So nämlich versteht die Tochter es seit einiger Zeit, mit der Unverstehbarkeit des Schönen umzugehen. Genuß kommt ihr daraufhin nicht mehr so unerlaubt vor. Davon was andeuten. Suggestiv auf die Mutter einreden.

Warum ist sie nur diesmal so zutraulich und verbirgt ihre elende Verfassung nicht? Das hat alles mit den Zähnen zu tun. Sie hat ein Zahnproblem. Immer wieder werfen diese läppischen Realien sie aus der Bahn. Sie verliert jedes übergeordnete Ziel aus den Augen. Zahnersatz ist nicht zum geringfügigsten Teil ein psychisches

Problem, weiß sogar der Zahnarzt. Du hast aber einen guten Zahnarzt, der Zahnarzt scheint ja überdurchschnittlich feinfühlig zu sein.

Die Mutter gibt das zaghaft unfroh zu. Es hilft ihr wirklich gar nicht weiter. Durch konkrete belästigende Alltagsgeschichtchen fällt sie zurück in die große pathetische Traurigkeit. Anstatt sich mit einer stimulierenden Selbstquälerei und wie in einer rachsüchtigen Bestätigung darüber zu freuen, gerade im Hinblick auf den toten Vater, daß hier im diesseitigen Leben und mit diesem unzulänglichen Körper kein dauerhafter Frieden zu haben ist. Hinfälligkeit, Gebrechlichkeit, Abstoßendes, Zerstörung, sie müssen ebenso wie die Merkmale der Schönheit als Anspielungen, Fingerzeige, Verweise verstanden werden.

Aber manchmal und leider zu häufig will man ja gar nichts weiter als hier so leben, es reicht völlig aus, ich habe Lust, zum Zahnarzt zu gehen, sogar das, ich nehme es in Kauf, denn weil ich unterwegs diese Rauchfahne gesehen habe, wird es sich gelohnt haben. Daß die Tochter nicht ratlos, nicht eher stammelnd als wortreich die Mutter einfach tröstet, anstatt ihr ständig diesen halbseidenen Ewigkeitsunterricht zu erteilen, das muß die Tochter sich allerdings schwer vorwerfen. Doch, durchaus verzweifelt fragt sich die Tochter, warum sie der Mutter nicht richtig beistehen kann.

Ich denke schaudernd an eine Zeit nach dem Bericht über die Mutter. Ich möchte ihn nicht abschließen. Ich möchte nicht in Frieden gelassen sein, mich nicht dann nicht mehr aufraffen zu Beobachtungen und Sätzen, ich fürchte mich vor so einer Zeit ohne Daseinsberechtigung, ich fürchte, mir dann nicht mehr genug Gedanken über meine Mutter zu machen. Ich muß so neugierig bleiben wie jetzt. Ich möchte mich nicht trennen von dieser Denkarbeit. Ich habe Angst davor, dich zukünftig, wenn ich nichts mehr über dich notiere, zu besuchen, dir zuzuhören, denn ich werde nicht mehr so genau hinschauen, und diese verringerte Genauigkeit wird beabsichtigt sein, denn ich will auf nichts treffen, was mir vorher vielleicht entgangen ist. Ich habe Angst, dich zu vernachlässigen, so oder so.

* * *

Die Mutter erkundigt sich ganz direkt: Am nächsten Dienstag kann ich doch mit euch zusammensein? Ich kann doch an diesem bewußten Donnerstag zu euch kommen?
Wenn es sich um schwierige Daten handelt, dann muß sie einfach aus ihrer Bescheidenheit heraustreten und dringend um einen Beistand durch die Kinder bitten. Sie verlangt ja nichts als Anwesenheit. Darin wirkt sie einerseits in einer großen Scheu fast keck, andererseits aber geradezu gehorsam, mechanisch, als befolge sie unbezweifelt unbefragt ein Gesetz. Als sei es ihr auferlegt und verordnet, Fixpunkte im Kalender zu beachten. Gewisse Tage, so fühlt sie es, darf sie nicht allein verbringen. Als gehöre es sich so, muß sie die Hilfe ihrer Kinder beanspruchen.

Die Kinder machen dann ein Konzept für so einen Tag. Es soll ein schöner Tag für die Mutter werden. Auf diese Weise entsteht in ihnen allen der Eindruck, jede Minute so eines Tages müsse beaufsichtigt werden gegen eine Trostlosigkeit oder sogar nur eine Nachdenklichkeit. Was fangen wir an mit dem ersten Todestag des Vaters? Wie verbringen wir den 53. Hochzeitstag der Eltern? Auch der ist die erste Wiederkehr ohne den Vater, und er wird zusätzlich, zusätzlich erschwerend, wie merkwürdig, auf einen Donnerstag fallen. Es war auch vor 53 Jahren ein Donnerstag. Das macht für die Mutter viel aus. Sie weiß nicht genau, was es ausmacht. Sie ist ein Mensch, für Verwunderungen wie geschaffen. Immer wieder kann sie sehr staunen. Wir werden uns bestimmt an diesem Tag um dich kümmern. Das ist doch selbstverständlich.

Wenn die Tochter eine Selbstverständlichkeit als selbstverständlich bezeichnet, wird ihr zu ihrem Schaden bewußt, daß sie an etwas in ihr Verschollenes rührt. Ihr ist nichts selbstverständlich. Die Mutter aber führt wie ein Lehrbeispiel vor, was die Selbstverständlichkeit ist.

Mach dir da keine Sorgen, wegen dieses Jahrestags, hat die Tochter zur Mutter gesagt. Die freundliche besorgte Herablassung spürt nur die Tochter und sie ist von ihr angewidert, sie ekelt sich vor ihrer Einwilligung in die Dankbarkeit der Mutter, es gibt keinen Anlaß, es ist wirklich eine Selbstverständlichkeit, warum muß die Tochter immer Worte machen. Alles Selbstverständliche, alles Sanfte, jedes überfällige und immer doch zu spärliche Zeichen nimmt die Mutter auf wie ein großes liebes Geschenk. So als handle es sich um eine gnädige Ermäßigung, wenn die Kinder sich an sie erinnern und sich um sie kümmern, so als erbarmten sich die Kinder ihrer Not. Das ist es doch nicht! So darf es doch nicht auf die Mutter wirken!

Aber die Mutter empfindet am Verhalten der Kinder nichts als verkehrt. Die Kinder brauchen ihr Verhalten gar nicht zu ändern. Die Mutter hat den Eindruck, als sei den Kindern selbstverständlich, was der Tochter so verkrampft vorkommt.

Die Mutter, der das Selbstverständliche keine Anstrengung ist, der es überhaupt nicht erst auffällt und kein Hindernis darstellt, ja, sie reflektiert es nicht, die Mutter hält neuerdings, nämlich seit sie allein ist, also wirklich zum ersten Mal in ihrer Biographie, etwas nicht mehr für selbstverständlich. Sie übertreibt dieses Gefühl der Verlegenheit natürlich nicht. Selbst dazu ist sie zu bescheiden. Es liegt ihr nicht, etwas nur auf sich selber zu beziehen. Sie glaubt schon, daß die Kinder herzlich gern ihr zu Gefallen dieses oder jenes in ihrem Zeitplan ändern, um ihr mit diesem oder jenem zu helfen. Aber es ist ein Gefallen. Es ist kein Almosen. Aber es ist etwas Bedachtes, etwas Organisiertes. Die Mutter muß dankbar sein.

Es macht die Tochter krank, an die selbstvergessene Genügsamkeit der Mutter zu denken. Die

Mutter ist ohne Begrenzung gütig und liebesfähig. Die Tochter hört den Satz der Mutter: Nur wenn es euch wirklich mal wieder paßt, dann machen wir was Schönes miteinander. Ja, es müßte jetzt die Zeit sein mit Herbstzeitlosen auf den Waldwiesen. Das wäre herrlich.

Wie können der Mutter so unvermittelt die Herbstzeitlosen einfallen. Die Tochter ist ganz vereinnahmt von der Rührung. So fern von ihr ist etwas womöglich so Naheliegendes! Und sie muß hinschauen: das ist der Nacken meiner Mutter. Von zu vielen Halswirbelschmerzen ist er etwas steif geworden. Das ist der Haaransatz meiner Mutter, jetzt fast ganz weiß. VERWITWETE ALTE FRAU BEIM ÜBERQUEREN EINER KREUZUNG. Das war doch einmal eine Mutter, bei der man als Kind vom Streuselkuchen das Obere abschneiden durfte und das Untere nicht zu essen brauchte!

* * *

Herzlichen Dank für das schöne Handschriftenbuch, liebe Mutter.

Sie hält es für kostbarer, als es ist. Das macht es kostbarer, als sie ahnt.

Ich schreibe dir. Wir haben zufällig »Die schöne Müllerin« gehört, eine Musik, die zum Denken an meine Mutter paßt. Als habe der liebe Schubert sie für die Mutter geschrieben.

Wenn ich aus der Abwesenheit an sie denke, fühle ich mich gelöst. Will ich einfach beweiskräftiger und redseliger geliebt werden?

Die Mutter ist nicht auf dem Friedhof gewesen, sie stammelt keine Entschuldigungen, auf so was käme sie gar nicht, sie spricht heiter über diesen Tag ohne Schuldgefühle.

Jedesmal verlasse ich meine Sätze fluchtartig. Ich rede als eine in Freiheit angeklagte Person. Erst in einer gewissen Entfernung vom Schreibtisch kann ich wieder nach Luft schnappen. Ohne Erbarmen gegen mich und ohne Ausrede war ich zwei Stunden lang ich selber. Mein Ich war keine billige Unterstellung, Angeberei, Aufspielerei. Macht dir das nicht endlich einfürallemal ein belebendes Vertrauen? Du bist erschrocken und verlegen, es wäre dir lieber, wenn man mit mir nur einfach rechnen könnte.

Zu einer Erinnerung an den etwas umfangreicheren Besuch bei den Kindern, an diesen heiklen Nachmittag mit dem ältesten Sohn und den zwei Schwägerinnen der Tochter, fällt der Mutter nichts Herausragendes ein, ihre Tochter ist offenbar doch zu nervös für mehrere Gäste. Mit einer unschuldigen Fröhlichkeit hat die Mutter sich und diese verwandten Gäste eingeladen. Schon die erste Reaktion der Tochter war ja nicht umwerfend herzerwärmend!

Die Mutter und der älteste Bruder der Tochter, sie haben die verabredete Besuchszeit nicht eingehalten und sind eine halbe Stunde zu früh dagewesen. Also hat ihnen keiner aufgemacht, und sie haben ein bißchen spazierengehen müssen. Die Mutter hat gefroren. Sie hat keine Kopfbedeckung gehabt. Zusätzlich erzählt sie arglos von nicht ausreichend warmer Unterwäsche. Ja, aber wenn ihr auch so viel zu früh kommt! Wir haben ja selbst unserer Gesundheit zuliebe noch ein paar Schritte gemacht.

Man kann der etwas blassen und noch verfrorenen Mutter ansehen, wonach sie jetzt Lust hat: nach einem heißen Getränk, nach einem behaglichen gutgeheizten Haus. Ich stelle den Thermostat nicht höher. Wir haben uns drauf vorbereitet, daß es, weil wir so viele sein werden, kalte Getränke geben soll. Die beiden andern Gäste treffen ein. Ich biete den heißen Tee nicht an, ich biete den heißen Kaffee nicht an, ich habe ja nicht vor, mehrere Kannen zu benutzen, viele Umstände zu machen, nein liebe Mutter, heute gibt es nur ganz erwachsene Sachen, salzige Sachen zu erwachsenen alkoholischen Getränken, und ich erwähne nicht einmal Tee oder Kaffee und Kuchen, ich rede erst gar nicht von deinen Bedürfnissen, und auch du redest nicht davon, denn du bist längst durch mich und die ganze Lage hier eingeschüchtert. Du nimmst, was du kriegst. Ich bin in mir selber unfreundlich, nichts Spontanes könnte ich jetzt noch in mir mobilisieren. Lustlos sind nun alle. Mein Angebot sieht verachtungswürdig aus, wie eine Beschimpfung, ich lasse euch alle spüren, daß ich bloß leer pflichtschuldig diese Einladung, zu der ich verdonnert worden bin, herunterleiere.

Alle Gesprächsthemen sind vergiftet. Wie durch eine Ansteckung sagt die Mutter auch nur noch törichtes Zeug. Man kann sie jetzt nur noch mit jedem Wort schneidend kränken. Später werde ich schon beim Anblick der Gebäckdose heulen, die meine Mutter so brav und in der Hoffnung auf was Spannenderes zum Essen mitgebracht hat. Immer weiter fehlt ihr das heiße Getränk. Es fehlt im ganzen Umkreis Zärtlichkeit, Liebe. Lauter falsche Sätze: über die Stuckrahmen der Ahnenbilder, über Ärzte. Allmählich spürt die Mutter, daß sie angegriffen wird, und jetzt redet sie trotzig daher, sie sieht schon ganz phantasielos aus. Ich halte ihr als Treuebruch dem Vater gegenüber vor, was für sie eine Verpflichtung ist: sie will die alten Rahmen nicht mehr renovieren lassen, weil das zu teuer wird, sie will einfach neue Rahmen um die Ahnengemälde anschaffen. Das ist doch alles sinnlos, unvernünftig! Neue Rahmen! Merkst du denn nicht, daß das ein Sakrileg wäre? Hat es denn 54 Jahre lang keine Wirkung gehabt, mit der Empfindlichkeit des Vaters integriert zu sein? Sind dir die alten Sachen tatsächlich so überflüssig?

Und die Empfindlichkeit der Mutter? Sie ist bereits ein Masochismus. Unbewußt legt sie es drauf an, immer ärger verletzt zu werden. Jetzt kann ich dich kaum leiden! Jetzt liebe ich dich ganz.

Ich habe die Mutter mit diesem Nachmittag so halbzufrieden lassen müssen, sie ist sich über ihn im Unklaren, er ist ihr etwas zwiespältig, nicht ganz geheuer – aber sie macht sich nichts weiter draus. Es war halt so, nicht anders. Sie schläft halt diesmal ohne Hochgefühle ein. Aber meinen

Hauptangsttraum, den von meiner Unfreund-
lichkeit, träumt sie nicht. Er kommt in ihr nicht
vor, in keinem Schlaf und in keinem wachen
Augenblick.

* * *

Wovon ich rede, geht keinen was an. Davon, was
keinen angeht, reden. Würde ich das mit dir
besprechen, wäre deine Antwort unverzüglich:
Dann tu es doch nicht. Ich rede von der ersten
Wiederholung des Todestags, vom Vater, von
dem Tag ohne den Vater, beispielsweise. Ach, tu
es doch nicht, würdest du nur freundlich vor-
schlagen, unbefragt, unaufgefordert gar nicht.
Du siehst mich jedoch ab und zu so an, als
befürchtetest du etwas.
Ich habe den Todestag immerhin zur Hälfte mit
der Mutter verbracht. Zur Hälfte! Lieber Gott,
warum denn nicht ganz, mit Haut und Haar und
Leerstellen und unkontrolliert! Nicht von
irgendeinem unkalkulierten frühen Anfang bis
hin zu einem selbstvergessen ungeplanten Ende,
ohne auf die Uhr zu schauen, ohne irgendwelche
Vorhaben im Gehirn, die mit dem Datum nichts
zu tun haben. Warum nicht auch und zwar erst
recht am Abend? Muß nicht ausgerechnet der
Abend allein im Haus für die Mutter am schwie-
rigsten sein? War sie, nach dem Abschied der
Kinder, nicht erst recht ein bißchen allzuallein,
ziemlich allein, völlig aufgeschmissen? Verwahr-
lost durch mich, gänzlich hilflos? Aber das ist
doch Unsinn. Es ist ja schrecklich, was du dir

immer für Gedanken machst. Als deine Mutter tut mir das richtig weh.

Die Tochter hat bereits bei der Vorausplanung dieses Tags sich für den Abend Ruhe verordnet. Ein paar Stunden der Regeneration und man hätte wieder einen brauchbaren Tag zum Beobachten von Innenwelt und Außenwelt vor sich. Sie hat für die Abenderholung mit einem fast erstklassigen Gewissen gerechnet. Doch die einzige Sicherheit war, daß die Mutter nach so vielen ihr geopferten Stunden abends nicht aufbegehren würde, nicht plötzlich betteln: Bleibt doch noch! Daß sie die Kinder eingeladen hat, länger zu bleiben, ist eine andere Sache. Ich brauche nicht alles und jedes zu einer Schuld aufzupolieren, sagt sich die Tochter, während sie ein Liebesversagen als schuldhaft empfindet, es ist nichts dran zu ändern. Die Mutter hat aufgezählt, womit sie die Kinder bewirten könnte, falls sie doch zum Abendessen noch dablieben. Meine Schuld ist nicht zu wenig Gefühl, denkt die Tochter, es ist eher zu viel Gefühl, könnte sein, daß es sich behindernd auf Taten auswirkt.

Eine unfreiwillige Rückblende auf die Mutter: geradezu beschämt, so als begehe sie vorlaut einen kleinen Frevel, fragt sie die Tochter: Meinst du, das würde mal besser, das Alleinsein? Aber es ist doch längst ziemlich gut, sei doch gerecht, im allgemeinen ist es überraschend gut geworden, du hast dich eingerichtet und alles hat sich normalisiert, stimmts? O ja, du hast eigentlich recht. Es war nur so ein Moment, weißt du?

Man konnte beim Verabschieden die Mutter ohne Risiko fragen: Und wirst du jetzt auch nicht traurig sein? Wirst du nach all diesen Stunden mit uns dich jetzt am Abend nicht allein fühlen? Wirst du gut über den Abend wegkommen? Herrliche Fangfragen, fabelhaft suggestiv. Man muß diesen herzlichen, wohlmeinenden, klugen und bescheidenen Menschen, diese Mutter, nur ein bißchen kennen, um vorweg ihre Antworten zu wissen. Sie hat sogar einen gewissen Blick für die Gewissensnot ihrer Tochter und wird diesmal nicht lediglich wie ein Kind, das sich der Vernunft von Erwachsenen beugt, zugeben, jetzt sei alles in Ordnung. Sie wird einen in sich geordneten, vernünftigen Eindruck machen. Vielleicht esse ich selbst gar nicht mehr zu Abend. Ihr habt ja auch keinen Hunger mehr. Du hast ja auch gesagt, dein Magen sei noch wie zugeschnürt. Es ist der Mutter nicht als Geschmacklosigkeit aufgefallen, daß die Tochter ihr das Fernsehprogramm schmackhaft machte. Weil es eine saublöde Showsendung war, die sie der Mutter vorschlug, hat sie den Zusatz gewagt: Dem Vater wäre es nur recht, wenn du dich ablenkst und über was ganz anderes stöhnst.
Das Elend des deutschen Schlagers statt deinem! Du hast es nicht verteidigt. Wir haben wieder einen Jahrgang der JUGEND abgeschleppt, diesmal 1899, und du hast dich sehr bedankt.
Bevor wir weggingen, hat das Telephon geläutet. Zu freundlichen Bekannten, die offenbar eine Einladung aussprachen, sagte die Mutter: Vielen

Dank, es ist aber nicht nötig, daß sie mit mir einen Ausflug machen, das machen ja meine Kinder. Es hat nicht gestimmt, aber ihr fällt es gar nicht so auf. Wir haben ja schließlich Pläne. Die Mutter erzählt: Sie hat mich am Telephon gefragt, ob ich nicht einsam wäre. Ich war so stolz, weil ich ja sagen konnte, meine Kinder sind gerade zu Besuch da!

Jetzt wirkt die Mutter kindlich, ich wirke überlegen: ist das keine Beleidigung? Jetzt muß sie behütet werden, auch belehrt, angewiesen, und das war doch früher einmal ich, in welcher Vorzeit war denn sie es, die mir geholfen hat, damals aber so unauffällig, daß ich es nicht als großherzig und aufopferungsvoll habe empfinden müssen. Nie wäre mir eingefallen zu spüren, ich stehe in ihrer Schuld. Jetzt steht sie bei mir in der Kreide. Jetzt ist alles gleich eine Tat. Zu spät, zu inständig, zu vergeblich ist diese Empfindung. Die Mutter hat die uns beiden unauffälligere Liebe aus den früheren Zeiten angenehmer gefunden. Alles Bombastische liegt ihr gar nicht, sie scheut davor zurück, sie versteht es nicht so recht, es macht sie verlegen.

* * *

Warum ist mir erst ungefähr nach einem Jahr die Wichtigkeit des Witwenstandes der Mutter so aufgefallen. Warum erst so spät diese Entscheidung für den strengsten Anspruch an mich: diese Beobachtung. Unmittelbar nach dem Tod des Vaters hat die Mutter beinah doch weniger unerfahren, weniger uneingeführt, weniger als Neuling in der Traurigkeit gewirkt, abgelenkt durch Trauriges. Erst später ist ihr das Alleinsein in einer Routine anstößig geworden, und diese Routine hat sie überhaupt nicht vollziehend, lebend beherrscht, sie wurde in ihr mitgeschleift, und da entstand eine zweite Traurigkeit, wie eine Folgeerkrankung, ein großes Leerebewußtsein. Sie ist nicht so, daß sie keinen Abscheu vor einer Öde empfinden müßte. Ich selber habe mich früher noch nicht aus dem Material dieser ganzen Traurigkeiten herausreißen können.

Erstaunt bewege ich mich in einem Wunder. Ich bin froh. Ich erlebe nicht den Rausch von Verzweiflung und Schuld. Trauer, Sehnsucht, Hoffnung, Zärtlichkeit, ja und auch die Wut über alles Versagen, sie haben jetzt in mir eine ruhige Übereinkunft getroffen. Ganz unaufwendig denke ich an meine Mutter, ganz benebelt bin ich ganz klar. Ja, sie ist eine Witwe.

Mir leuchtet alles ein. Ich werde nicht immer in dieser Verfassung bleiben. Schon morgen vielleicht werde ich wieder wie mit leeren Händen dastehen oder viel zu beladen sein mit Empörungen, zu keinem Einverständnis bereit. Bis ich doch wieder sagen kann: sie ist eine Witwe, ja, warum nicht? Mit einem ruhigen Urteil über sie komme ich zu einer Nutzanwendung. Ich mache jede beschreibende Anstrengung. Ich schreibe Sätze, die mir schwer fallen sollen. Die Gegenwärtigkeiten erzeugen nichts als die gegenwärtigen Gefühle, nur Abneigung oder Überschwang,

Haß oder Beifall, ein Liebesungeschick. Nur durch meine Sätze kann ich ein ruhiges Urteil über dich finden und JA DU BIST EINE WITWE sagen.

Aber bitte, versprich mir das: übertreib nicht so! Versprich mir, sagt meine Mutter, daß du dir mal ein geruhsames Wochenende machst, und achte auch drauf, nicht so viele Zigaretten zu rauchen. Mir gehts sehr gut. Weißt du, was ich gesehen habe auf meinem Rückweg vom Einkaufen? Das müßtet ihr bald, so lang noch der Schnee liegt, auch sehen, wirklich. Auf dem Acker hinter der Busstation standen fünf schöne Pferde, plötzlich. Ich habe es erst gar nicht glauben wollen, ich mußte richtig zweimal hinsehen! Beinah hätte ich gesagt: die Pferde grasten. Aber es liegt ja Schnee! Die Pferde knabberten am Schnee. Sie haben versucht, mit ihren Lippen den Schnee zu lockern und darunter irgendwas zu finden, aber das war sicherlich zwecklos, der Boden ist ja fest gefroren. Also, ihr Lieben, schlaft gut, es sah wirklich merkwürdig und schön aus.